小小说美文馆

U0606778

职场百味

你若盛开，清香自来

主编◎马国兴

吕双喜

郑州大学出版社

图书在版编目(CIP)数据

职场百味:你若盛开,清香自来/马国兴,吕双喜主编. —郑州:
郑州大学出版社,2014.2(2023.3 重印)
(小小说美文馆)
ISBN 978-7-5645-1681-9

Ⅰ.①职…　Ⅱ.①马…②吕…　Ⅲ.①小小说-小说
集-中国-当代　Ⅳ.①I247.8

中国版本图书馆 CIP 数据核字(2013)第 310900 号

郑州大学出版社出版发行

郑州市大学路 40 号　　　　　　　邮政编码:450052
出版人:孙保营　　　　　　　　　发行部电话:0371-66658405
全国新华书店经销
三河市鑫鑫科达彩色印刷包装有限公司印制
开本:710 mm×1 010 mm　1/16
印张:13
字数:185 千字
版次:2014 年 2 月第 1 版　　　　　印次:2023 年 3 月第 2 次印刷

书号:ISBN 978-7-5645-1681-9　　　定价:42.00 元

"小小说美文馆"丛书

总 策 划 、总 主 审

杨晓敏　骆玉安

编委名单

主　编　马国兴　吕双喜

编　委　（以姓氏笔画排序）

王彦艳　连俊超　李恩杰

李建新　牛桂玲　秦德龙

梁小萍　郑兢业　步文芳

费冬林　郜　毅

序

杨晓敏

　　书来到我们手上，就好像我们去了远方。

　　阅读的神妙之处，在于我们能够经由文字，在现实生活之外，构筑属于自己的精神生活。透过每篇文章，读者看到的不仅是故事与人物，也能读出作者的阅历，触摸一个人的心灵世界。就像恋爱，选择一本书也需要缘分，心性相投至关重要，阅读的过程中，你会发现他与自己的不同，而你非常喜欢，也会发现他与自己的相同，以致十分感动。阅读让我们超越了世俗意义上的羁绊，人生也渐渐丰厚起来。

　　在这个信息碎片化的网络时代，面对浩若烟海的读物，读者难免无所适从，而阅读选本无疑是一个不错的选择。从《诗经》到《唐诗三百首》再到《唐诗别裁》，从《昭明文选》到"三言二拍"再到《古文观止》，历代学者一直注重编辑诗文选本，千淘万漉，吹沙见金。鲁迅先生说过："凡选本，往往能比所选各家的全集更流行，更有作用。册数不多，而包罗诸作。"为承续前人的优秀传统，我们编选了"小小说美文馆"丛书。

　　当代中国，在生活节奏加快与高科技发展的影响下，传统的阅读与写作方式发生了深刻的变化，小小说应运而生，成为当下生活中的时尚性文体。小小说注重思想内涵的深刻和艺术品质的锻造，小中见大、纸短情长，在写作和阅读上从者甚众，无不加速文学（文化）的中产阶级的形成，不断被更大层面的受众吸纳和消化，春雨润物般地为社会进步提供着最活跃的大众智力资本的支持。由此可见，小小说的文化意义大于它的文学意义，教育意义大于它的文化意义，社会意义又大于它的教育意义。

　　因为小小说文体的简约通脱、雅俗共赏的特征，就决定了它是属于大众文化的范畴。我曾提出，小小说是平民艺术，那是指小小说是大多数人都能阅读（单纯通脱）、大多数人都能参与创作（贴近生活）、大多数人都能从中直接受益(微言大义)的艺术形式。小小说作为一种文体创新,自有其相对规范的字数限定(一千五百字左右)、审美态势(质量精度)和结构特征(小说要素)等艺术规律上的界定。我提出的小小说是平民艺术,除了上述的三种功效和三个基本标准外,着重强调两层意思:一是指小小说应该是一种有较高品位的大众文化,能不断提升读者的审美情趣和认知能力;二是指它在文学造诣上有不可或缺的质量要求。

小小说贴近生活,具有易写易发的优势。因此,大量作品散见于全国数千种报刊中,作者也多来自民间,社会底层的生活使他们的创作左右逢源。一种文体的兴盛繁荣,需要有一批批脍炙人口的经典性作品奠基支撑,需要有一茬茬代表性的作家脱颖而出。所以,仅靠文学期刊,是无法垒砌高标准的巍巍文学大厦的。我们编选"小小说美文馆"丛书,是对人才资源和作品资源进行深加工,是新兴的小小说文体的集大成,意在进一步促进小小说文体自觉走向成熟,集中奉献出思想内容与艺术形式兼优的精品佳构,继而走进书店、走进主流读者的书柜并历久弥新,积淀成独特的文化景观,为小小说的阅读、研究和珍藏,起到推动促进的作用。

编选"小小说美文馆"丛书,我们选择作品的标准是思想内涵、艺术品位和智慧含量的综合体现。所谓思想内涵,是指作者赋予作品的"立意",它反映着作者提出(观察)问题的角度、深度和批判意识,深刻或者平庸,一眼可判高下。艺术品位,是指作品在塑造人物性格,设置故事情节,营造特定环境中,通过语言、文采、技巧的有效使用,所折射出来的创意、情怀和境界。而智慧含量,则属于精密判断后的"临门一脚",是简洁明晰的"临床一刀",解决问题的方法、手段和质量,见此一斑。

好书像一座灯塔,可以使我们在瞬息万变的社会不迷失自己的方向,并能在人生旅途中执着地守护心中的明灯。读书是一种积极的生活情趣,一个对未来的承诺。读书,可以使我们在人事已非的时候,自己的怀中还有一份让人感动的故事情节,静静地荡涤人世的风尘。当岁月像东去的逝水,不再有可供挥霍的青春,我们还有在书海中渐次沉淀和饱经洗练的智慧,当我们拈花微笑,于喧嚣红尘中自在地坐看云起的时候,不经意地挥一挥手,袖间,会有隐隐浮动的书香。

(杨晓敏,河南省作协副主席,郑州小小说文化传媒有限公司董事长、总编辑,《小小说选刊》《百花园》主编。)

目 录

1

镇长东沙（三题）

周 波

还行

东沙坐在办公室软绵绵的椅子上抽烟，显得有些郁闷。一早上班，他就挨了来检查工作的领导一顿批评。领导批评他，是因为他回答错了问题。他百思不得其解：我哪里有错呢？

领导提的问题很简单，询问他最近工作忙不忙。东沙回答："很忙。"东沙觉得自己讲的是实话，最近忙得连星期天也没时间陪老婆上街。可是，领导对他的回答不满意，领导说："你是班长，班长做事重要的是运筹帷幄，把握宏观局势，具体的事让下面的人去干。"东沙解释说："我是这么做的。"领导说："那怎么会忙呢？"

东沙感到受了委屈，一个上午坐在办公室里，满脑子里回荡着领导的提问。他想："难道我真回答错了吗？难道别人不是这么回答的吗？"

他叫来办公室主任，先是交代工作任务，然后拐弯抹角地问他工作忙不忙。主任说："领导叫我们做什么就做什么，从来没在意过忙与不忙。"东沙惊奇地看了看办公室主任，感觉他的回答的确和自己不一样。

东沙后来试着打电话给自己的一位同学，问对方工作忙不忙。同学

说："要说忙的话,其实也没怎么忙;要说不忙的话,其实有做不完的事。"东沙听得一愣一愣的,觉得同学的回答尽管有些颠三倒四,不过的确也在理。

东沙出门散心,遇见年轻的门卫。东沙随口问道："忙不忙?"门卫激动地说："领导好,我们忙的是眼睛。"东沙又是一愣,觉得门卫的水平比自己要高。刹那间,他怀疑自己可能是错了。

下午,又有领导来镇里。东沙生怕领导又问同样的问题,就抢先说："领导,最近工作忙不忙?"领导看了看他,说："有你们一帮能干的干部在下面顶着,我们就不忙。"东沙暗自赞叹,领导不愧是领导。

回到办公室的东沙反思着,如果我当时说不忙呢?那样领导是不是该表扬我了?他有点后悔自己回答得过于简单,如果遇到多虑的领导,说不定会认为自己说领导闲了呢。

晚上回家,老婆如晶问他："今天忙吗?"东沙说："你怎么也问这个问题?我说忙,你该如何作答?我说不忙,你又该如何作答?"如晶说："瞧你这个人,忙是好事呀,说明你在做事。"东沙一脸不悦地说："可领导说有水平的人都不忙——早上我刚挨批了呢。"如晶说："那你该说不忙。"东沙叹口气说："就在刚才,遇到住咱小区的一位老领导,一上来就问我工作忙不忙。"如晶问："你是怎么说的呢?"东沙说："我再不敢说忙了,可是老领导说乡镇工作千头万绪怎么可能不忙,老领导批评我没用心做事。"如晶呵呵一笑："那再改成说忙吧。"东沙瞪了她一眼。

女儿来电话的时候东沙正好在看电视,女儿在电话里问："老爸,你工作一定很忙吧?"东沙一骨碌从沙发上坐起来,他想："怎么又是同样的问题呢?"东沙说："叫我怎么回答你呢?"女儿在里面笑："忙的话,说明老爸过得充实;不忙的话,陪妈妈聊聊天。"东沙被女儿说得有点感动,问女儿在学校里忙不忙。女儿回答："还行。"还行是什么意思?东沙突然间像被什么触动了。"还行就是还行呗。"女儿说。东沙大笑起来,站在一旁等着接话筒的如晶被吓一跳。东沙笑着说："我找到好词了。"如晶一头雾水地问："什么好词?"东沙说："还行。"

翌日,正准备上班的东沙遇到了新领导来检查工作,领导问他工作忙不忙,东沙脱口就说:"还行。"领导笑笑说:"看来你在乡镇干得不错嘛。"

领导走后,东沙坐在办公室软绵绵的椅子上又开始抽烟。他情不自禁地从抽屉里取出一面小镜子,他问镜子里的自己:"忙不忙啊镇长?"镜子里的自己说:"忙。"东沙瞪着眼睛说:"错了。"他接着又问镜子里的自己:"忙不忙啊镇长?"镜子里的自己说:"不忙。"东沙握紧拳头说:"一派胡言。"东沙再问镜子里的自己:"到底忙不忙啊镇长?"这时,镜子里的自己咬文嚼字地说:"还行。"东沙终于开怀大笑。

摆平

东沙说最近有点头疼。老婆如晶关切地问:"怎么回事?"东沙说:"单位里的事多,我得去摆平,可是很多事不是想摆平就能摆平的。"如晶笑起来:"我以为你身体不舒服呢,原来是操心引起的。"东沙埋怨道:"天下有你这样的老婆吗? 我头疼你还笑得出来。"如晶再笑,道:"很多事是你自找的,活该!"

东沙说头疼还真是不无道理,最近他工作烦得很。前几天有上级领导让他安插一个临时工,他就闹心了,因为自己刚刚在大会上宣布要精减临时人员。上周吧,有个亲戚找他解决低保问题,他也为难了,因为生活困难的人还有很多。年前,有群众找到他建议装路灯,他当时满口应承,可是,到了安装那天,别的群众提出抗议了,说是路灯一装,夏天会招来蚊子。东沙常苦笑着提醒自己,之前合理的,后来不一定也合理。

东沙有一回去找自己的老领导,说了自己的烦恼事。老领导和蔼地对他说:"东沙呀,如果没有烦恼的事,还要你当什么镇长?"东沙说:"我知道这个理,可是实在摆不平。"老领导送东沙出门的时候,仍然语重心长地劝他:"有些事还是要去摆平的,摆平就是水平。相信你东沙是有能力的。"

东沙有一回对老婆说:"看来我的水平有问题。"如晶笑着说:"有水平的

人一种是天生的,另一种是后天练成的,我们领导也天天愁着呢。"东沙瞧了瞧老婆,问:"我属于哪一种?"如晶说:"你属于第三种,自找麻烦型。"

这天早上,东沙刚上班就接到了同学电话,说是晚上老同学有个聚会,他满口应允。他想,是该聚聚了,好长时间没联系了。一个小时后,他又接到了一个部门领导的电话,说是有客商想来他们镇里投资,请他出席晚宴。他本想说已有应酬,可话到嘴边又咽下了。毕竟是公事,如果因为自己的私事把肥肉丢了,责任他实在担不起。下午,东沙又接到三个电话。一个是副县长打来的,说要慰问一下全县乡镇长,大家都很辛苦。第二个是一家企业打来的,说是省外有个项目有合作意向,无论如何请镇长出面接待。另一个居然是老婆如晶打来的,说是来了高中同学,是当年最要好的同桌,二十多年没联系了,同学大老远过来,两家人亲密聚聚。东沙的头当时就大了。他说:"今天我已够烦了,你别来掺和了。"如晶在电话里也发火了:"今天你要是不来,晚上休想进家门!"东沙当场就蔫了,他想想也是,老婆对自己多好,平时从来不扰乱自己工作,不提无理要求。自从去了乡镇,这是如晶头一回向自己提出小小的要求。他后来给如晶去了电话:"我一定来。"他忽然想学孙悟空,拔一撮毛,变出无数个东沙,满足所有人的需要。

傍晚,东沙倚在窗台前看着夕阳一点点沉下去,他的心也跟着沉重起来。主任进来了,主任说:"镇长,你的脸色有点难看,是不舒服吗?"东沙缓过神来,说:"没什么,你去忙自己的事吧。"主任不放心,给东沙倒了杯茶水。

"我该咋办呢?"下班的时候东沙问自己的驾驶员。驾驶员脱口道:"我把你送医院吧,就说生病了。"东沙没好气地说:"你放屁!咒我呀!"

车子一点点在前行,路过一家饭店,东沙说,同学们快到了。驾驶员问:"镇长,这儿停吗?"东沙说:"算了。"又路过一家宾馆,东沙说:"这儿有两桌饭,两个项目都在这儿。"驾驶员又问:"镇长,这儿停吗?"东沙说:"算了。"车子再开过一个道口,东沙知道转弯那家饭店里,很多镇长都在集结。他这会儿特羡慕那些镇长——今晚他们都没什么事,可以放松笑谈。驾驶员说:"难说,说不定很多镇长也有事呢。"东沙哈哈大笑,夸驾驶员真幽默。

车子最后停在了一家小饭馆门外——东沙选择了陪老婆如晶。从车里出来的时候，如晶正好从台阶上下来。如晶是来等他的，因为今天的饭局对她来说具有特殊意义，她想告诉自己的同学，老公是当镇长的。她读书的时候就吹牛说，未来要找一个有本事的男人。

东沙跟着如晶进了包厢，如晶开心地向同学介绍。女同学很大方地握了一下东沙的手，对如晶说："你眼光不错。"如晶开心地笑了。

东沙也做了一番问候，然后，他说："就这样吧。我先来这儿看看老婆的同学，晚上还有四桌饭要去应酬，我得去跑片了。"女同学笑着说："镇长真忙！"东沙不好意思地说："摆平了这边，我得去摆平那边了。"

如晶像是要哭的样子，追赶出来。东沙很愧疚地说："老婆，对不起，今天每桌饭都很重要，我一定要去摆平。"这时，如晶在家门外第一次骂了东沙："姓东的，咱们走着瞧！"

白粥

东沙突然失眠了，失眠的他整夜在床上折腾。老婆如晶被吵醒几次后，终于不耐烦地说："你还让不让人睡觉哇？"东沙背对着老婆，一脸苦恼地说："睡不着。"如晶说："别东想西想的，少了你地球照样转。"东沙说："没在想工作，我在想，为什么有人那么快乐？"如晶问："和我在一起不快乐了？"东沙说："什么跟什么呀！"

东沙这些日子一直觉得周围的人似乎都很快乐，只有自己不快乐。他奇怪别人的脸怎么可以长得像花一样，整天绽放着。照他自己的说法："你们都快乐去吧，反正我压根就没时间去快乐。"如晶有一回也曾经问过他工作开不开心，东沙皱着眉头吐出一个字：愁。"愁啥呢？"如晶问。"愁资金愁办事愁开会愁应酬愁舆论愁天灾愁人祸……"东沙像绕口令似的说了一大串愁事，把如晶听得一愣一愣的。如晶最了解丈夫了，她知道东沙开心不起来的原因。东沙掉头发的事也是如晶最先发现的。那天上午，如晶在枕头

边踅摸到好多东沙的落发。她心疼地说："别太累了。"东沙微微一笑说："知道。"

东沙难道真没有一点快乐的时候？其实也不是。在别人的眼中，东沙算得上是个快乐的人。比如他和朋友在一起喝茶聊天的时候，从来都是谈笑风生。他的工作纵然很忙，却也很充实，很多次同事们听到过他情不自禁大笑的声音。他怎么会不快乐呢？有人表示怀疑。东沙镇长有心事，很多人背后这样说。

东沙有一回问几个年轻人："大家快乐吗?"年轻人齐声道："我们很快乐!"东沙又问："什么事值得你们去快乐?"年轻人再次齐声道："因为爱情!"东沙笑了，他觉得这样的回答太精彩了。然后，他又找来办公室主任，问："工作开心吗?"主任丈二和尚摸不着头脑："怎么了?"东沙笑着说："随便问问。"主任说："要说不开心吧，不可能，因为我至少有工作;要说开心吧，也不可能，有些时候是装出来的。"东沙心里一惊："装什么?"主任压低声说："有时候工作很窝心甚至很恼火，可是不装出一副无所谓的心态，会伤心伤肺伤肝。"东沙显然受了刺激，他突然想起自己掉头发的事。

那天，东沙回到家，对着镜子足足瞧了半个小时。他一直以为自己还像年轻时候一样帅，然而镜子里的自己已是一副老态龙钟的模样。一阵恐惧之下，他狠狠地冲着镜中自己骂："呸，明天我也装嫩去!"

他头一回推掉了本该出席的一场重要晚宴，也头一回在零点之前躺进了暖暖的被窝里。早上，他打出一个响指，穿着笔挺的西装上班去了。如晶纳闷着，自己男人怎么了？突然间喜欢打扮了。

中午，吃过饭从食堂出来，东沙看见年轻人嘻嘻哈哈在一块儿闹。他本想也凑热闹去，可想起自己的身份就止住了脚步。他想："别人可以无节制地开怀大笑，难道自己也可以这样吗?"下午上班时，有几个上访户冲进他办公室，情绪激动地找他理论。东沙原想微笑地接待他们，可心火这会儿莫名地被点燃。"我是不是不能开心？我连开心的机会也不能有吗?"晚上，东沙一脸郁闷地问老婆如晶。如晶反问："那我开心吗?"东沙说："你有什么可以不开心的？你没有我的事多。"如晶的眼泪刹那间落了下来，说："你不开心，我能开心吗？"说完，如晶掩门而去，只留下东沙一个人坐着发呆。

这天，一群画家来到东沙管辖的古镇采风，东沙热情地接待了他们。东沙平时也喜欢和文艺界的人走在一起，他觉得在这个圈子里可以像朋友一样海阔天空地聊，无所顾忌。席间，东沙旧话重提，问画家们："每天足不出户画画，有没有感到孤独？"有画家马上应道："请问镇长，你每天在外忙碌，有没有感到疲惫？"东沙显然被噎住了，很长时间没回答上来。晚宴快结束的时候，有画家提出想喝粥，而且必须是纯白色的。东沙笑着问："灰色的粥不能喝？"画家就是幽默。画家说："天天跟各种各样的色彩打交道，白色的粥喝起来觉得轻松。"东沙似乎被触动了什么，附和着说："白粥好喝，白粥好喝。"

那天晚上，东沙第一次美美地睡了一觉，好长时间他没这么享受席梦思的滋味了。早上，如晶对丈夫说："你昨晚睡得很好。"东沙扑哧一笑，说："当然，以后天天能睡着。"如晶也嘻嘻笑了起来。东沙问："你笑啥？"如晶说："你开心了嘛，我就笑了。"

常用电话号码

艾 苓

常用电话号码就压在我办公桌的玻璃板下,我刚进机关的时候,一位同事帮我小心翼翼地压在那里,忙完了他拍拍拍打手,很郑重地说:"你年轻,好好干吧。"

我乖乖地答应:"嗯。"

几年后,这位同事走上领导岗位,他的名字悄然走进常用电话号码单。

后来,我也以同样的方式款待新同事,只不过电话号码由四位数字升到七位数字,原来稀稀疏疏的两页半大纸也发展壮大到密密麻麻的三页半了。

常用电话号码构成了这个城市的动脉。市委、市人大、市政府、市政协、市纪检委、市武装部领导依次排列,各办公室领导紧随其后,然后分党群口、政法口、综合财贸口、工交城建口、科教卫生口、农口和乡镇。

市级离退休老干部也在常用电话号码中,那是一串曾经辉煌的名字,被摆放在很显要的位置上,他们的辉煌在排列上再次得到肯定。不过,那些住宅电话大部分已经不大常用了,只被很少的一部分人记得。

对很多有想法的外人来说,常用电话号码又是一张交通线路图,是没定秘级的秘密,想方设法也要弄到。各级领导的单位电话、住宅电话在那几页纸上一目了然,实施自己想法的时候会少走多少弯路啊。

常用电话号码常常更换。每大批变动一次干部,常用电话号码便集体更换一次，小规模的变动也要及时勾勾改改。有位新同事耳朵懒了点，眼睛懒了点，嘴又懒了点，通知的时候就把电话打到某单位领导家里："请转告某领导明天八点开会。"

夫人说："他走了。"

"去哪儿开会了？"

夫人停了半晌："你是新来的吧？你问问其他同事吧。"

那位领导除他以外大家都认识，十天前被送走的，去了另一个世界。

大家叹口气没说什么，新同事已一头汗水。

那次又换常用电话号码，忙完了除旧布新的工作，我无意中翻到几年前的几页，恍如隔世。

那位市里的主要领导，我刚来的时候他正雄心勃勃大展宏图，现在已因病退养了。据说他只是得了一种肝病，肾也有点问题，但关心他的人太多，不同的人通过不同的途径提供了不同的治疗方案，包括几种正处于临床实验阶段的进口药，结果肝病演变成尿毒症。有人说，他是被关心他的人坑了，假如是平民百姓，他的病早好了。我们去看他的时候他也说，他现在最羡慕那些在大街上卖冰棍的人。

那位市委常委、组织部长从基层起步，当部长才一年多便英年早逝。

有几位升迁，已去了外地。

有几位交流出去了。

部门领导中一部分已是昨日黄花，名字还在发黄的纸上，人已委顿了。

收起那几页纸再坐到桌前，就觉得玻璃板下实际上是个大舞台，一时一刻都没有平静过，每个人都在自己的位置上扮演着自己的角色，自主或不由自主地演着自己的戏。每个人又都不过是棋盘上的一枚棋子，静止、移动或拼杀，并不由你自己决定。

这些年来，我就像那位擦楼道的勤杂工，一直低着头尽心尽力做自己的事，闲下来时也只是做个观众和听众。但我不是勤杂工，也许某一天，我的名字也会进入常用电话号码，作为一枚棋子静止或移动，拼杀就不要了。但愿。

怎么称呼你

艾 苓

一个人若是在机关待了五六年,还没混上个一官半职,就有点让别人为难了。

我刚来的时候,只知道他独用一间办公室,负责一摊工作,每次见了面彼此点头微笑而已。一年以后,来了位新领导,他被安排进我的办公室。我们每天面对面坐着,这可让我发愁了:老领导叫他"小马",老同事叫他"永军",我该怎么称呼他呢?

我偷偷问别人:"我是不是该叫他马主任?"

"不行,还没任命呢。"

"叫他马秘书吧?"

"我们之间都不那么叫,别扭。"

"那我叫他马大哥?"

"机关不兴哥呀妹呀的,你就叫他'永军'吧。"

我张开嘴试了试,叫不出口。他比我大一旬呢,我又初来乍到,怎么好直接叫他的名字?

人家也让这个问题难住了,说:"你自己琢磨吧。"

我琢磨来琢磨去也没琢磨出什么称呼,每天就省了这道程序。

"来了?"

“来了。”

“出去？”

“出去。”

“走呀？”

“走。”

他是个很厚道的人，像位老大哥，我们相处十分融洽，可我还是找不到合适的称呼。

有一天下午，我和他受命去外单位公干，人家都马主任长马主任短地叫他，我便以为自己是灯下黑了。

第二天早晨，我很认真地打招呼：“马主任，来了？”

他愣了一下，然后慌忙摆手：“他们那是瞎叫，你可别这么叫。”

“那我怎么称呼你呢？”

“除了马主任，你叫我什么都行。”

我调动了自己所有的聪明智慧想了一天一夜，终于有了结果。第三天早晨，我说：“你来了，老马？”

他吃了一惊，随后说：“好，你就这么叫吧。”

我解释：“其实你不老，才三十多岁，但是和我比，就只好委屈你了。”

他摇头：“听着挺舒服的。”

没想到，我一叫“老马”，“老马”便一下传开了，很多人跟着叫起来。等到我们把“老马”叫成真正的老马，那些瞎叫的人也把“马主任”叫成真正的马主任了。

几年一晃过去，同样的尴尬又在先生和我身上重现。家里常接到电话：“喂，是李主任家吗？”

“不是，这是李永久家。”

“啊，那就对了，麻烦你给喊一下李主任。”

我故意喊：“李永久，你电话。”

不找他的电话，有些就是找“张主任”的。

　　我发现我根本纠正不过来,我的澄清事实的努力也显得越来越可笑。在主任局长经理老板满天飞的今天,你既然没能给人家提供一个冠冕堂皇的称呼,人家就有理由这么李主任张主任地顺便送一个。反正是民间的口头任命,叫高了叫早了没有错,叫低了叫迟了总是错的。

　　我们的名字呢? 我们的名字是青春年少时供大家随便使用的。从某个时候开始,使用的人就越来越少了。

像别人一样

艾苓

进市委机关前，我曾做了五年中学老师。知道隔行如隔山，我又成了小学生，一切都要从头学起。

到市委办报到后，我还待分配，在主管主任的办公室待了好几天。他是一个正直严肃的人，不苟言笑，找来一堆材料让我先看着。

我那时求知欲强，很想尽快适应秘书工作，可是不幸，那些材料我根本读不进去，翻上两页后眼皮就开始打架。当时儿子七个月大，每天晚上我至少要给他喂三次奶、换三次尿布，睡眠严重不足。可我不能打瞌睡，偷眼看去，主任有时读书看报，有时奋笔疾书，面色凝重。惭愧，惭愧，我有时偷掐一下手心，有时偷着甩甩头，集中起身体各部位残余的热情，继续面对那些干巴巴的文字。

主任偶尔出去一会儿，我会放松一些，比如伸个懒腰，或到窗前站会儿，但我依旧不敢打瞌睡，因为他随时出去，也随时回来。

一周后，我到了具体科室，就从主任室撤出来了。我很恭敬地把那些材料还给它的主人。老实说，我和那些文字相处了一周，只领略了公文的乏味，它们还是不认识我，我也不认识它们。

那时，办公室没有女秘书，突然来了个女秘书，领导对我很关照，同事对我也很友好。但我很快发现我和他们不同，首先是我的音量大。我倒不是

天生的大嗓门儿,站了五年讲台,我已经习惯在说话的时候保证教室里最后一排的学生能听清楚。在机关,若不是领导开会讲话,的确不需要多大音量,能让对方听见就达到目的了,何况有些话题不宜有别的听众。开了几次金口后,不用别人提醒,我就主动把音量调低了。

暂时不会写材料,我有时负责誊抄,自觉算是一手好字,一位主任很认真地和我说:"你的字还不错,就是有些大,胳膊腿都外伸,下次把胳膊腿都收回去。"到了下次,我把字使劲往格里写,累得手疼,誊抄的速度也慢下来,好像我的手脚被捆住了一样,但是主任说:"好,就这么写。"我很快知道,这位主任也一手好字,是全部写在格里的小楷。

机关里的很多事情都是秘而不宣的,谁都不把事情说破,需要你自己去"悟"。我悟性当然很差,但我还是明白了,我眼下要做的是像别人一样。

像别人一样轻声交谈。

像别人一样把字写在格里。

像别人一样对领导毕恭毕敬。

像别人一样揣摩领导的心思。

前三点我能做到,做得很真诚;最后一点就做得很差,几乎是空白。别扭了一年多后,我终于适应了机关工作。起初是想,这里既然是我领工资的地方,我就要好好工作,对得起那点工资。几年后,我身边的同事一个接着一个被提拔当了领导,我偶尔也会心有所动,对未来有所憧憬。人都有虚荣心嘛,我也有。

我有一位忘年交,是位"老机关",我们无所不谈,遇到难题我也经常向他请教。在机关待了八年后,我自觉已经很"机关"了,问他:"我是不是进步很大呀?"

他说:"你刚来的时候读小学一年级,到现在也没小学毕业。"

听了这种"高度评价",我就知道我绝不能再待下去了,我终究无法像别人一样,还是赶紧逃吧。

抢种辣椒

赵 新

市文化局新建的办公地点设在了城市郊区。那座白色的小楼坐北朝南,古朴典雅,设计精巧,颇显文化风韵;大院宽阔敞亮,平整如镜,工作之余散步遛弯,让人胸怀壮阔。正是清明前后种瓜点豆的时候,文化局的同志们搬了进来,如鸟儿飞翔蓝天,能歌的就使劲唱,善舞的就尽情跳,大院里青春勃发,喜气洋洋!

也不知道办公室的小梁是怎么想怎么弄的,趁着偌大的院子尚未铺砖,趁着办公楼前有一口压水井,他竟然沿着四周的围墙,种了一畦黄瓜,种了一畦丝瓜,种了一畦豆角,种了一畦西红柿,还种了一畦茄子、一畦辣椒。当然是种豆得豆种瓜得瓜,不久那黄嫩嫩的芽儿破土而出,生机盎然;不久那绿油油的苗儿成长起来,在春天的阳光里一片鲜活,一片水灵,一片茁壮!

直到这个时候,马局长才发现他们大院里有人种了那么多菜,而且长势非常之好!马局长一个电话把小梁叫过来,很吃惊地问道:"菜是你种的?"

小梁很平静地回答:"是,是我种的。"

马局长一声感叹:"你到底还是太年轻太幼稚,只知其一不知其二啊!"

小梁迷惑了:"马局长,我做的有问题吗?"

马局长说:"当然有问题呀!第一点,种菜之前,你为什么不请示?种菜之后,你为什么不汇报?你呀,目无领导!"

马局长说:"第二点,禾苗出土,你又是浇水又是除草,影响不影响你的本职工作?如果我们局的每一位同志都种一块菜地,那文化局不就变成农业局了?你呀,不务正业!"

马局长说:"第三点,收获季节,怎么收获?那些鲜嫩的蔬菜给你?给我?给他?你呀,制造矛盾,影响团结!"

马局长说:"第四点,我们这里是办公室不是家属楼,你种了一院子菜,搞得杂七杂八,花花草草,哪一天市领导来这里视察,会批评文化局不抓文化建设,抓的全是萝卜白菜、茄子豆角,方向错了!你呀,敢负这个责任吗?"

马局长还说了第五点、第六点、第七点、第八点、第九点,说到第十点以后才让小梁谈谈认识。小梁没想到事情会有这么复杂、这么严重,只说自己是农家出身,从小就喜欢帮助父亲种菜,现在看见这么大的院子,一时兴起,就动了种菜的念头。小梁说马局长高屋建瓴,高瞻远瞩,一席话说得他眼明心亮,茅塞顿开,只是他这菜园都是业余时间种、业余时间管理的,没耽误局里一点点工作;至于收获和分配问题,他根本就没有考虑,他只享受耕耘的幸福,他只贪图田园的快乐,那些黄瓜豆角西红柿,谁用得着谁拿,谁拿上谁吃!

马局长敲敲桌子:"小梁啊,你说得好轻巧啊!谁用谁拿?谁拿谁吃?那文化局还不乱了套,还不打起来呀?你不要高风格高姿态了,赶紧把那几畦蔬菜连根拔掉!"

小梁瞪大了眼睛:"什么?拔掉?"

马局长说:"防患于未然,坚决、彻底、全部拔掉!先从那畦辣椒拔起,动手要快,干净利落!"

那天傍晚,在一片通红的落霞里,小梁守着那几畦蔬菜哭了:满眼油绿,满眼蓬勃,满眼生机,满眼根深叶茂,都是活泼泼的生命,他到底应该先拔哪一畦,先拔哪一棵?

一滴露珠在一片叶子上晶莹地滚动,有一只虫儿弯弯曲曲在那里爬行,他伸手把它捏死,而后揩掉泪水,坚决彻底全部干净地拔掉了那畦辣椒!

他总得给马局长一个交代——他已经开始拔了！

第二天小梁听说马局长到南方出差去了，半个月之后才能回来，小梁兴高采烈，继续为他的菜园浇水、锄草；小梁又很后悔，为什么过早地拔掉那畦可爱的辣椒呢？如果拖一拖，如果再拖一拖，说不定就是另外一种结果！

马局长回来了。马局长上班了。马局长绕着围墙转了一圈，看见黄瓜苗儿串蔓开花结果了，丝瓜苗儿串蔓开花结果了，茄子开花结果了，豆角开花结果了，西红柿开花结果了，满眼色彩缤纷，满眼姹紫嫣红，大院里蜂飞蝶舞，香风徐徐，一片兴旺繁荣景象！

马局长动心了："这小梁还真有两下子啊！"

马局长动情了："这小梁朝朝暮暮，风风雨雨，很不容易！"

马局长又把小梁叫到跟前，严肃地说："为什么有令不行、有禁不止？为什么不把它们全部拔掉？你呀，年岁不大，胆量不小！"

小梁自知理亏，不知道该说什么。

马局长笑了，拍拍小梁的肩头："舍不得拔掉是不是？有感情了是不是？好好好，我理解你，我体谅你，这些菜我就给你留着！不过两天以后市长要来局里考察、调研，有什么问题有什么责任，你小子得给我兜着！"

两天以后，市长果然来了。市长当然不是来考察调研那几畦黄瓜丝瓜西红柿的，但是市长对那片枝繁叶茂花开烂漫的菜园很感兴趣。市长兴致勃勃地告诉马局长，这应当是文化局的一道风景、一个亮点，人往这里一站，大有"采菊东篱下，悠然见南山"的感觉，很是神清气爽！市长指示，在局机关的大院里能有这么一块新鲜的蔬菜弥足珍贵，一不能喷洒农药，二不能使用化肥，既是纯天然，就要名副其实，一纯到底！

市长拍拍马局长的肩头："老马，当初这是谁出的点子？真有你的！"

市长又问："你们为什么不种辣椒？我是四川人，就好这一口！"

市长打道回府了，小梁跑过来了。小梁问马局长，市长有没有对那片菜园提出批评。马局长说："快，快，快招呼大家到大院里集合，咱们一齐动手，抢种辣椒！"

和金融危机碰杯

孙春平

　　袁洁从班车上下来,正匆匆奔向公交站的时候,遇到了陈浩。陈浩说,前几天去看住院的丈母娘,老太太的秋衣秋裤都破了,他想给老太太买一套,让嫂子帮他去挑挑。

　　俩人从百货店出来时,街上已越发拥挤起来。陈浩站在一家杀猪菜馆前说:"嫂子,我哥今晚夜班,回家你也是一个人。我那口子去侍候她病妈了,丫头学校离姥姥家近,也不回来。我请嫂子,就在这儿吃一口再回去,中不?"

　　"不中。"袁洁故意把那个"中"字咬得很重,"回家不愿进厨房,就去我家吃。"

　　陈浩摇头:"我哥又不在家,不去。嫂子,我心里憋屈,真憋屈。"

　　袁洁冷笑:"我还不知道你?见了酒就迈不开步,走,回家!"

　　袁洁冷下脸,转身就走,不再理他。陈浩哪儿都好,可就有一宗大不如人意,贪杯,酒量又有限,多喝一点就要酒疯。有一次,他半夜未归,急得他媳妇四处去找,竟见他枕在马路牙子上酣然大睡。那次可真悬透了,大黑夜的,真要有车从身上碾过去,岂不立时丢了小命?

　　说不理是假,袁洁其实是想逼他跟自己回家,可走了五六十米,身后没个脚步声。这没出息的东西!要是身边没个人盯着他,今天不定又喝成啥德行。袁洁返身回去,直接进了菜馆。陈浩已点过菜,对服务员说:"我看柜台上有自酿的老烧,给我来半斤。"

"用不了半斤,二两。"袁洁在服务员身后说。

"哎哟嫂子,你来可太好啦!快坐。那中,就二两。"

两人面对面坐下。酒和菜很快摆上来。

"先说说,你为啥事憋屈?"

"我哥回家没跟你说?"

"他说的事多了,哪件?说厂长又换了媳妇,你们一人随二百?"

"这个也让人憋屈。他妈的,掏二百只扔回来一个小礼袋,里头两根烟、几块糖,连酒盅子都没让端一端。"

"那是对广大工人群众的爱护,怕你们喝多了耍酒疯。"

"那中,不喝,不要。可工资从这月起,却减了百分之二十,落到我和我哥头上,一人最少三百块。"

"这事我可没听你哥说。为啥一下降了这么多?"

"我哥今天休班,还不知道呢。说国际金融危机了,钢材不好卖大减价了。狗屁,危机了减价了,他还忙着换媳妇?和老大危机完了,和小二也危机?这个小三大减价不?批发还是零售?"

两人就这般吃着,喝着,说着。袁洁要了一碗米饭。听陈浩的谈诉,袁洁心里有点堵,男人和陈浩都在轧钢厂,一声减工资,那就都得减。自己在修配厂开天吊,钢业集团的配套企业,人家那边刮风,这边也必然跟着下雨。两口子一个月少进五六百,放在谁身上都憋屈。但这些话只能心里想,不能应和着说,陈浩要是闹起酒性来,今晚倒霉的就是自己了。

陈浩摇摇酒壶,又对着嘴巴倒了倒,一滴也没倒出来,嘟哝说:"小太监捂裆,没了。""没了好。"袁洁扭头喊,"快给这位师傅上饭。"

陈浩面对着空酒盅发呆,一副意犹未尽的样子。饭很快送上来,陈浩却站起了身,说去趟卫生间。

陈浩走了,袁洁也发起呆来。刚才是在装,装作不以为意。可贪杯的人

不在了眼前,心里就愈发堵起来。工厂搬迁,在新厂附近盖了住宅楼,住新楼是要拿钱的,工厂有地皮可换笼子,但咱工人只比一只小麻雀,哪敢换?刮肠勒肚省下钱还要供儿子念大学呢……

陈浩回来了,坐在那里喘粗气。喝多了?不会吧。他媳妇说过,二两酒,陈浩还是撑得住的。袁洁把饭碗往他跟前推了推:"快吃吧,累了一天了,多吃点。"

陈浩却不吃,直声亮嗓地骂,惊得餐馆里的人都往这边瞧。"他妈的,就知道给工人降工资,学生的补课费怎不降?我老丈母娘的医药费怎不降?厂长换媳妇的份子钱怎不降?还让不让咱小工人活啦……"

真就喝多了!二两酒也喝多了!眼看着酒劲上来了,得赶快带他回家去!袁洁急招手:"结账。"服务员报了钱数,袁洁拧拧眉:"不对,多了吧?"服务员把账单拿过来,果然不对。"我们只要了二两酒,怎么变成四两了?"

"这位先生刚才在柜台前又要了二两,一仰脖,就喝进去了。"

"哼,这个酒懵子呀!"

袁洁急拉陈浩出了门,小北风兜头一刮,陈浩就哇地吐起来。吐完了又赖在马路牙子上不走。"干啥去?回家?不中不中……便宜了他小子。走,跟我闹闹洞房去!我看那小娘儿们跟我叫啥?我可能比她爹还大呢,她得叫我二大爷……哈哈,厂长随她叫,也得喊我一声二大爷……"

路人围过来,捂着鼻子看热闹。警察也赶过来,对袁洁说:"是两口子吧?抓紧把他整家去,不然,我可要带他去派出所醒酒啦。"

陈浩直着嗓子嚷:"你警察有什么了不起?警察也不能胡说八道!她是我嫂子你知道不知道?老嫂比母你知道不知道?包公就是吃他嫂的奶水长大的你知道不知道?我要是包公,就把那帮贪官的脑袋一个个都铡下来,金融危机来了就得先铡贪官,用狗头铡。他妈的,那帮东西,也只配用狗头铡。"

众人笑。警察又问:"是亲嫂子吗?"

袁洁摇头:"我们两家住一个楼门,他五楼,我二楼。"

陈浩又嚷:"亲了咋? 不亲又咋? 亲不亲,事上分。那个狗屁的厂长讲话时还说亲爱的工人弟兄呢,可他把他亲弟兄的闺女划拉到他被窝里去了……"

那一晚,袁洁叫来对门的张嫂,给陈浩又是擦又是洗的,一直把他服侍得呼呼睡去才回家。开了门,她掀过挂在门旁的小黑板,上面有许多"正"字,每一笔都是陈浩醉酒的记录,她用粉笔又添上一笔。她知道,不定哪天,陈浩来串门,看了那记录,一定又会咬破手指头,用鲜血把那一笔也涂上。唉,宁死不屈,只悔不改,又有什么办法?

派克钢笔

孙春平

　　我家附近有片小花园,傍晚时常见一位老人,拄着拐杖,佝偻着瘦弱的腰身,绕着甬道一圈又一圈地蹒跚。有一天,我看那位老伯嘟嘟哝哝地又在绕圈子,便想凑上去陪他说说话。他女儿林慧从亭子里闪出来,对我悄声说:"别打扰他,老爷子说散步时脑子好,他正构思写东西呢。"我问:"是不是写回忆录?"林慧摇头说:"好像是写诗歌。管他写什么呢,只要他高兴。"

　　林慧是我中学时的同学,毕业后我下乡,她去了工厂。记得听她说过,林老伯跨过江扛过枪,还参加过抗美援朝。以前只知他离休前在工厂当领导,没想到了暮年,又想搞创作,这种生命的激情,着实让人钦敬啊!

　　万没料到,有一天,林老伯会让女儿陪着,找到我家来。林慧说:"我爸听说我的老同学是作家,非要拜访你。"林老伯立刻从怀里拿出一叠文稿,嚷着说:"我写了点东西,作家帮我看看,行吧?"林慧忙指耳朵示意,老人耳聋,以为别人也听不见。

　　二人离去,我打开稿子,总题叫《新少年三字经》,子题目也有二十多个,仿着古时《三字经》的写法:"爱国旗、爱劳动、爱父母、爱粮食……"每章二三十句。平心而论,立意虽都不错,但质量平平,遣词用字也不甚准确,有些地方还没押上韵脚。但这出自八旬老人之手呀,共和国功臣对祖国花朵的殷切希望,岂能用庸常的文学水准去衡量? 老人写出这些,还不是想在这喧嚣的世界里发出一点自己的声音？我想了想，便给报社的编辑打去电话，说了自己的想法，还给他读了其中的两节。编辑果然很兴奋，说："你选出五六节，修润后抓紧发来，同时发来老人的简介和照片，我争取在六一专版加'编者按'隆重推出。"

六一后的傍晚，我拿着报纸和稿酬等在花园里。其实，此前林慧已将报纸带回家，但见了那二百元钱，林老伯仍是很激动，颤巍巍地接过钱，还大声说："我接着写，写一百首。"我小声逗林慧："叫老爷子请客。"林慧抿嘴一笑，说："一分钱也别想。"

年底的时候，林老伯由保姆扶着，再次踏雪来到我家。我问："林慧在忙什么？"保姆说："慧姐不肯来。"老伯又展开了他的文稿，是更厚的一叠，说："请作家帮我改改，再写篇序，行吧？"我吃了一惊，问："要出书呀？那可得由出版社审定。"老伯摆手说："不用出版社，我有个战友的儿子，在印刷厂当厂长，他说你给写篇序，他免费给我印，不多印，就五千本。"我这一惊更是非同小可，又问："印这么多可怎么处理呀？"老伯又说："当年厂里没少往学校派工宣队，人托人，都答应下来了，两块一本，不贵卖。"

林慧不肯出面，就是表明了态度。但老同学越是这样，我越不好拂老人的面子。那本薄薄的小书我见到了，是春节前林慧特意送来的。我问："听说离休干部的退休金一月好几千，医疗国家全保，你们几兄妹是不是还要啃点老呀？"林慧笑说："每月工资一到，老爷子只取两千，一千付保姆工钱，另一千是他和保姆一月的伙食费，剩下的都送银行，谁也动不得。要不是我每月另偷偷塞给保姆几百元，人家早辞了。"见我听得发怔，林慧又说："那我就再给你交个底，这本书，其实我只让印了二十本，我从印刷厂取回后，跟我老爸说，其余的全让学校取走了。后来学校送到家里的书款，都是我拿钱请人送去的。不管老爷子怎么喜欢钱，咱也不能违背有关法规不是？要不是书里有你写的序，也不会想起送你。"林慧还说："我老爸还在家写呢，这回说要写千字文，也写一百篇，再出书就能厚一点了。"我说："转告老伯，慢慢写，别累着，慢工出细活儿。"

　　没想到，我再没见到林老伯。老伯仙逝，终年八十六岁。安放骨灰那天，墓地上突然来了三个人，一位律师，两位公证员。律师当众宣读老伯的遗嘱，说去世后捐出一百万元，在山村建一座养老院，但不可用他或子女的名字命名。若积蓄不足，就变卖房产，再加丧葬费，遗产结余部分统由二子一女再加保姆平均分配。遗嘱中还特别强调："我留有一支派克钢笔，是朝鲜战场上的战利品，赠予林慧的作家同学，以表感谢，也是寄托。"三个子女当即表态，执行遗嘱，不折不扣，敬请老父安息。

　　我心中震撼，手握派克钢笔，眼望高天流云，久久说不出话来。老人家的希望是什么，苍天大地都知道，还需我赘言吗？

旅　伴

袁炳发

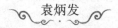

这次出差正赶上年关将近，一票难求，硬卧硬座都买不上。一肚子怨气转为勇气，我买了软卧，心想，领导不给签字报销就自己认了，能怎么的？反正委屈事儿不止一件。年终评先进，和选妃子等同；职称晋级，拼的是个人财富。我这样姿色平平又囊中羞涩的女人，自然没有什么好果子吃。

领导都是那德行。

领导不是那德行才怪。

人要是不顺，喝凉水都塞牙。瞧我的旅伴：一个年长的男人，一声不吭地躺在下铺闭目养神，从上车就没听他说过一句话，看起来是一个很古怪的人；上铺是一对姐妹，人到中年的姐姐面色苍白，是个病号，可能还是个重病号，她捂着胸，是妹妹搀扶着进来的。

遇到这种情况我也只好闭目养神，拒绝交流为上策。可是也做不到，中年女人一遍遍去洗手间，从我头上上上下下数次，铁石心肠的人也看不下去，我就只好主动和她调了位置，把自己的下铺让给了她。

中年女人向我表示了歉意和谢意，那一瞬间，我突然觉得这个中年女人面熟，但又想不起来在哪里见过。

在中年女人和我调换位置复又躺下后，我忍不住问她妹妹："去省城给大姐看病？"

她妹妹说:"是的,我不催她还不来呢!这不,到现在连单位的人都不知道她来省城看病的事。"妹妹说到这里,被姐姐的一个手势制止了。

妹妹显然不说不快,继续说:"连这次的两张上铺软卧票,都是我花高价从票贩子那儿买来的。不买不行啊,我急着带姐看病去呀!"

我又忍不住问:"那你家姐夫呢?"

妹妹听后低下头,不一会儿抬起头说:"我姐姐这人哪,就知道工作工作,每天饥一顿饱一顿的。她吃得最多的是方便面,落下胃病不说,连家也……"

这次,我发现她姐姐不是用手势了,而是用眼神——一种冷冷的眼神——把妹妹的话给打住了。我心里疑惑,看生病的姐姐刚才那种冷冷的眼神,她和姐夫想必是离了。这是最好的解释了,除此之外,想象不出她丈夫是做什么工作的,以至于忙得连妻子到省城看病都没时间陪。

我所在的 A 城是本省最东部的城市,到省城几乎要横穿全省,火车需跑十二个小时。到了晚餐时间,中年女人坚持不吃不喝,我和那个妹妹泡了大碗面,而列车员送来一份丰盛的晚餐给那个默默无语的老头。吃完后,女列车员来收餐具。那是个爱说话的胖姑娘大大咧咧地说:"这个老头不简单啊,儿子是 A 城招商局局长,他的两顿饭都是列车长亲自安排的。"我用鼻子哼了两声,算是回应。那对姐妹也像是没听见她的话。

早餐的时候,胖姑娘又给老头送来一盘子水饺。我看着怪,就说:"你们车长溜须也溜不到正地方,大清早给这么尊贵的老爷子吃油腻的水饺?"胖姑娘咯咯笑着说:"还真是这么安排的,说老爷子早上就爱吃这一口儿,餐车派人现包的呢。"我说:"儿子也是不孝,怎么能让老爷子自己旅行?"胖姑娘又咯咯笑了,说:"我也觉得怪呢。本来他儿子的秘书陪着,是隔壁包厢的票。车长要给老爷子调过去,赶上那三位是一家三口,又非常不买账,不同意,车长就想把秘书调到你们这边来。车长带着秘书过来,谁知那秘书走到你们这个包厢门口,看了看突然掉头回去了。不仅回去了,还在下站下车了,把所有的事情都安排给车长了。"胖姑娘说完问了个问题:"你说,他怕你们其中的谁呢?"

天知道这是怎么回事!当官的和当官的秘书,多半不是好东西。我不仅这么想了,也说了出来,不仅说出来了,还似乎一下打开了话匣子,喋喋不休。这种话题一旦开始很难刹闸的。不断批判揭露的过程中,我还要征求姐妹俩的意见。妹妹面露诡异的神气,我不知道怎么回事。那位姐姐听了后,淡淡地说了一句话:"妹子,凡事都不能一概而论。"她那声音虽然微弱,却有一种说不出来的优雅镇定,与一般女人截然不同。我不由得又看了她一眼,结果我发现,这女人即使在病中,也有一种不言自威的庄严气度,让人敬畏。于是,我闭上了嘴。

到终点省城下车的时候,站台上早有一帮人接老爷子,全是西装革履油头粉面的老板式人物,嚷嚷着把老爷子搀走了。姐儿俩下车很慢,我估计一定是车厢里的人走光了她们才动身。出站之后好久才拦下一辆出租车,回头看见姐儿俩刚出来,我想了想,没有上车,一直等到姐儿俩走过来,我把出租车让给了她们。

在我叙述这个故事时,已是事隔数月了。文中那位旅伴大姐的丈夫究竟是干什么的,并不重要。我想告诉大家的是,那位旅伴大姐竟是我居住的这个城市主管工业的副市长。消息是从我们《A城晚报》上知道的,她患胃癌医治无效病逝,享年五十岁。

面对晚报上刊登的遗像,我肃然起敬。

有表情

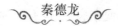

秦德龙

小肖这孩子进步得快，就在于他的脸上有表情。什么表情呢？当然是面带微笑的表情，尤其是在领导面前的各种笑脸，谦卑的笑、讨好的笑、献媚的笑……什么笑他都会。领导就很喜欢他。领导要的就是表情灿烂的人。须知，态度决定一切，脸上的表情往往决定一个人的终生。

小肖擅长微笑，总能在各种场合做出各种生动的表情。譬如，开会的时候，许多人都是尽量避开领导的目光，绝不与领导脸对脸。小肖却与此相反，每次都要坐在领导的对面，如同盛开的向日葵，随时向领导露出笑脸。开大会时，领导在主席台就座，下面前排的位置，就是小肖的位置。开小会时，大家围着圆桌就座，小肖就选择坐在领导的对面。这就是小肖的境界了，从来不躲避领导的目光，随时准备给领导鼓掌。哪怕领导的面孔是个冷屁股，他也要把笑脸贴上去。

每次开会都这样，他不但用笑脸面对领导，还认真记录着领导的重要指示。有时候，不需要记笔记，他就做深有体会状，频频地点头，仿佛领导说的每句话都是真理，句句落在了他的心坎上。一个与领导同欢喜、共忧愁的人，领导自然就把他视为知己了。

被领导喜欢，是一种荣誉，也是一种待遇，是很值得骄傲的一件事。如同国际上有人同某国总统共进午餐，全世界都要加以渲染的那样。

是的，小肖是个谦虚的人，总是说自己得益于领导的栽培，没有领导的培养，就不会有自己的今天。

当然，虽然小肖表情丰富，但他绝不滥用表情，不是对谁都能挤出笑脸的。小肖曾经发布过著名的"三点论"，阐述自己的心得体会。他是这么说的："上级讲话之后，要说'我的体会有三点'；同级讲话之后，要说'我补充三点'；下级讲话之后，要说'我强调三点'！"这就是小肖，千万不要说他滥用表情。他的表情发自于聪明的脑袋，那里装着惊人的思考和高论。

当然当然，对待下级，小肖是没有笑脸的，常见他小眼一瞪，小头一晃，小脸一红，指手画脚，表明心迹："这事儿，领导知道吗？"或者："这事儿，要问问领导的意思。"对那些脑袋不开窍的人，他干脆就说："这事儿，要看领导高兴不高兴！"

人们都明白他的意思。这事儿，不清楚领导知道不知道，不清楚领导啥态度，还是别惹领导不高兴吧。

许多事情，就这样被小肖大事化小、小事化了了。领导知道后，感慨地说："小肖这孩子，真懂事啊！"

有了领导的赏识，小肖就如鱼得水了。单位的许多事情，也就离不开小肖了。与客户洽谈生意，有他；采买设备和原材料，有他；代表单位去参加重要的或不重要的会议，有他；处理各种突发性事件，有他……他总能乘风破浪，化险为夷。他靠的就是挤眉弄眼，做出各种丰富的表情。

看着小肖吃香的喝辣的，许多人羡慕，许多人忌妒，却不知道小肖暗地里吃过多少苦。人们哪里知道，他每天都要对着镜子练习微笑，然后，用飞镖投射贴在墙上的靶标。靶标的图像看上去很模糊，头大脖子粗，是个说像谁又不像谁的面目。有时，他还要悄悄地潜入自家的地下室，那里有一个酷似领导的橡皮人。他可不是去亲吻橡皮人的，只见他绷着脸，挥拳猛打。

人们都不知道这个秘密，看着他红光满面的样子，都以为他天生是个表情丰富的人。他老婆从来不去地下室，就连她也不知道他去地下室干什么。问他，他总是幽默地说："我是地下工作者嘛！有些事，是不能问的。问，我

也不会告诉你！"

老婆只好不理他，由他随便折腾去。反正，他按月交工资，按时回家睡觉就行了。老婆想的也不是没道理，男人这架风筝，飞得再高，总要落回地面的，只要牵风筝的绳子不断，永远在自己的手里攥着。

小肖不知道老婆这么想。小肖沉浸在自己的轨道里，按既定的轨迹运行着。他的轨道，让他心安理得，令他乐此不疲。

可有一天，他的轨道中断了，再也运行不下去了。领导换人了，你方唱罢我登场，各领风骚若干年。小肖蒙了，彻底蒙了。因为，新来的领导没表情。无论对新领导说什么，他都木着脸，一声不吭。

遇上一个没表情的领导，真是郁闷死了。

不会是个橡胶人吧？

小肖想破了脑袋，才恍然大悟：有时候，没表情，正是与众不同的表情啊。

招聘"螺丝钉"

秦德龙·

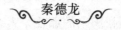

老板让我去招聘几个人，补充到岗位上。也就是招聘几个"螺丝钉"吧，把他们拧到新扩建的生产线上，让他们永不生锈并闪闪发光。说实话，招几个人很容易，现在的求职者如过江之鲫，无论什么鸟儿在我面前飞过，我都能断定这鸟儿能否背负蓝天。

我正要去人才市场，老板叫住了我，将一纸招聘海报扔了过来。

老板亲自起草的？我扫了一眼招聘海报，只见那上面写着："声音洪亮、双目有神、握手有力、追过女孩、打过群架、背过黑锅……"

按这些条件招聘员工吗？

"这是我设计的个性海报，目的是扩大我公司的影响，吸引社会各界的眼球。"老板得意地说。

我当然不能违抗老板的意思，抓起海报就出了门。其实，我心里已经有了主意。生产线上用人，就是该用那种傻乎乎的螺丝钉。说到底，就是用那种能吃苦耐劳的人。经常去招聘，我是知道的，许多人抱着"先就业再择业"的观念，38%的大学生工作不到半年就会跳槽。

到了人才市场，我将老板拟写的招聘海报贴了出去。

很快，我的面前就挤满了前来应聘的求职者。

我没有用"一匹母马的牙齿有多少"这类雷人的怪题来难为求职者。按

照老板的要求,我挑选了几个人,将他们带回了公司。我心里有个小九九,特意招聘了一个缺心眼的傻子。我觉得这家伙笑眯眯的,挺可爱。直觉告诉我,他可能是生产线上最称职的螺丝钉,这样的人,忠于职守,一辈子都不会跳槽,锈也会锈死在岗位上。

老板根本就没问我招聘什么人过来,只要生产线上有人干活儿就中,就像驴一样,捂着眼罩,一圈儿又一圈儿地拉磨。我当然明白老板的意思,我公司已经吸引了数不清的眼球,该作的秀,已经作过了。

果然,不出我之所料,新招聘来的那几个人,没干多久,就接二连三地跳槽了。"声音洪亮"的人,去参加选秀了;"双目有神"的人,去创办网络公司了;"握手有力"的人,去竞聘当领导了;"追过女孩"的人,开了家婚介所;"打过群架"的人,办了个讨债公司;"背过黑锅"的人,注册了技能培训班……只有那个傻子,留在了生产线上。每天,他准时来上班,像驴一样地干活儿。

老板视察的时候,对我招聘的这个傻子很满意。他似乎忘记了自己亲笔起草的招聘海报,绝口不提那几个跳槽的求职者。倒是我忍不住嘴痒,提醒老板,岗位上还需要补充几个人。我的意思很明白,要招聘新人,就招聘像傻子这样的人,踏实肯干不偷懒,永远也不会跳槽。

"有人跳槽,不好吗?"老板漫不经心地说。

"流水不腐,户枢不蠹。经常有人跳槽,说明有活力嘛。"老板接着说,"你看,我们公司就是专门培养人才的,从我们公司出去的人,不是一个个都腾起了细浪?社会影响大了!将来,他们填写个人履历表的时候,总要带上我们公司一笔吧!"

"可是,我们的生产线……"我正要争辩什么,老板打断我的话说:"你可以去人才市场再招人。记住,踏实肯干比聪明更重要,我们更需要吃苦耐劳的人。"

我笑了,老板睡醒了?不张贴个性海报了?

我马上去了人才市场,招聘来几个求职者。这些人虽然年龄偏大,却有一个共同的优点：像傻子一样质朴，看上去就是那种特别能吃苦的人。

我请老板过目，看看我招聘的这几名新员工，不，"老员工"。

老板挥了挥手，把傻子喊了过来，让傻子教他们干活儿。

傻子笑着，乐此不疲地做着老板交办的事儿。

我突然想起来那几个跳槽的求职者。不用问，他们跳槽的时候，没拿到一分钱工资，因为他们撕毁了《劳动合同》。而我新招来的这几名"老员工"呢，薪酬少得他们自己都不敢说。这几名"老员工"没提什么意见，他们在傻子的率领下，快快乐乐地做着手头的工作。

我十分欣赏傻子和"老员工"的工作态度，他们真的像永不生锈的螺丝钉，被牢牢地拧在了生产线上。其实，只要是颗螺丝钉，你就不该考虑是被拧在了飞机上，还是被拧在了拖拉机上。

让我没想到的是，老板会把我叫过去。"公司要减员增效，你下去干活儿吧，让傻子教教你。"老板不容置疑地说。

我愣了几秒钟。

就这样，我成了生产线上的一颗螺丝钉。怎样才能做到"永不生锈"呢？我不止一次问自己。我发现，无论脑力还是体力，我早已生锈了。

亲 信

茨 园

　　单位楼道里原本有意见箱的，木制红漆那种，虽风吹不着雨淋不住，但年代久了，也就糟腐成了易碎物，轻轻一碰，就会哗啦一声散架的。不过，局里没谁闲得无聊去碰，所以它也一直没碎，挂着，如摆设，招灰惹尘。习惯了，从它旁边走过，没谁把它当成东西看一眼。不过，某天，人们却惊奇地发现它不见了，取代它的虽仍是意见箱，却是个不锈钢的。

　　这样的变化上午时被一名同事不经意发现了，他便如哥伦布发现新大陆似的见谁跟谁说，搞得大家都怪怪地猜想：要换领导了还是要进一步深化改革呢？就这么传着、猜着时，局办公室马主任挨办公室传达了这样一个通知：下午三点召开全体职工大会，任何人不得缺席，如无特殊原因且未经副局以上领导许可缺席者，扣发当月工资，且还要视情节轻重予以处分。

　　这么郑重其事的事儿，是小李进局里后头回遇到的。

　　14：55。走进会议室时抬头一看主席台上挂的横幅，小李不由就想乐，但看看已在台上就座的陈局长，也就憋住了。侧眼看看周围的同事，差不多都是同样的表情。不用说，大家都是以同样心情看待了同样一件事情：小题大做！

　　"意见箱挂箱仪式"，横幅上是这么几个字。

　　15：00。马主任宣布大会开始。"下面，请陈局长发表重要讲话。"马主任刚说一句,陈局长便舞动着胖乎乎的拳头,慷慨激昂:"拥有近百名精英人才的单位,连个像样的意见箱也没,咋球发扬民主?!"

并不是这句话经典而给小李留下印象,而是陈局长话音刚落,哗哗哗,掌声雷动,经久不息。当然,这是马主任带的头。

鼓疼了手掌,热血沸腾的小李有了前所未有的主人翁责任感,觉得不尽点绵薄之力,不朝那不锈钢意见箱里投三五张纸就对不起单位似的。虽是研究生毕业,但这些年一直"混"着的小李忽然觉得挺对不住单位的,于是,便用了三个晚上抽了四盒烟改前改后写了满满五页力陈单位问题及解决办法的意见书。不过,当小李揣着它走近意见箱时却心虚了:万一陈局长叶公好龙,找个碴儿把自己给"精简"了,老婆孩子谁养? 有了这样的顾虑,小李便把自己的名字去掉重新又打印了一份,趁没人时投了进去。

第二天,陈局长不仅把小李的意见书在大会上一字不落地读了,还慷慨激昂地说他看到了一份"非常之好的意见书",遗憾的是不知是谁写的,"知道了,局里一定要重重奖励"!

当时的小李由紧张而后悔,深感不署名是极大失误,若署了,没准儿陈局长一高兴,不给一万元"润笔",兴许会提个副科长什么的。

翻来覆去想了一晚上,早晨上班时小李脑子还热热的,于是就找陈局长"坦白"去了。

知道了是谁这么爱局如家,陈局长十分高兴,笑眯眯拍着小李的肩膀说:"有机会的话,我一定提拔你。"一句话,让小李兴奋不已。

当晚,陈局长和几个科长外出吃饭时,特意叫上了小李。酒过三巡,菜过五味,红光满面的陈局长拍着小李的肩对众人大力推介,众人也随着他说如何如何,弄得小李也满面红光的,不知是酒醉了心还是心醉了酒。然而,让小李意想不到的是,局里按他的"意见"开始优化组合时,却没一个部门肯要他,包括他原来的部门。

焦急的小李自然想到了陈局长。哈欠连连的陈局长听完汇报,和蔼地笑了:"其实,这阵子我一直把你当亲信看的,且准备聘你当局里的廉政监督

员,但监督员总不能光监督不干活儿吧?局里为了节约开支,准备把清洁工全辞退呢,不如你先干着,等有了合适的位置,我提拔你,如何?""这……"小李真的不想干,但"亲信"这字眼挺诱人,掰指头算算,局里近百号人,除了女秘书、财务部主任,以及那十来个从不叫局长而叫"舅舅""姐夫"之类的主儿,能有几个是他亲信?人家把咱当成亲信了,无论如何也不能辜负人家。如此一想,小李心里也就平衡了五分,再一想现在下岗的那么多,有个固定的工作已经很不容易了呢。就这么想着想着,也就平衡了十分,干了。

每天,小李总是第一个来单位,最后一个离开。扫地的当儿,总有同事不阴不阳地冲他招呼:"忙哩?"小李嘴上不答,心里却"嗤"一声说:"皇帝身上还有几只御虱呢,好歹我也是陈局长的亲信,你有啥不满的?!"

不过,小李也觉得委屈,也找过几次陈局长。但,陈局长总是一脸为难:"你再等等吧。毕竟,你是我的亲信,我能让你这么一直干着?任何工作都得有人干不是?"

一晃三年了,小李一边苦笑着,一边舞动着拖把在男厕女厕或楼梯间忙活。

四季花开

茨 园

看到老苏迎面走过来，"老苏，这阵子忙啥呢？"当上局长半年有余的小陈忽然这么问了一句。

小陈的笑意依然是旧时灿烂如菊花般的，但一句"老苏"，却让老苏真切地感觉到自己已不再是局长了。

老苏刚当局长时，小陈还是办公室的通信员，提水扫地，发报纸分文件，然后把老苏的茶水沏上并不时添满。后来，老苏让小陈当了办公室主任，再后来，又让他当了副局长。

老苏记得自己临退休时，组织部长找他谈话时告诉他，组织上准备派个局长来的，老苏却找到县委书记说小陈这同志不错，工作能力强，且一直在局里干着，对局里的情况特别熟悉。"唔，考虑考虑吧。"书记说。

老苏连着找了书记三次，并找了部长四回，小陈才由副提正的。

老苏记得任命书下来的那天晚上，小陈去了他家，哭得泪人似的说了许多诸如"再生父母"之类的话。

"忙……"老苏刚说一个字，小陈却已与他擦肩而过，一边走，一边摆动着手和善地笑说："好好，你忙你的，我有个会要开。"老苏当时就是一愣，忙叫："小陈、小陈！"小陈却没听见似的继续走路。"陈局长！"老苏又喊。"唔，有事么？"这次，小陈倒是回过了头，看着他问。"没啥。"老苏心里一凉，

说。"那好那好,改天我闲了去看你。"小陈笑着说,又走了。

老苏再也迈不动步子,呆站着,看着小陈的背。

"苏局长。"忽地听见有人叫了声,一看,是单位花房的安师傅在不远处站着冲他笑。"唔。"老苏冷冷地应一声,看着安师傅。安师傅一脸笑意地贴近他说:"苏局长,花房的花开了不少,您看您喜欢啥,我给您抱一盆儿。""以后不要叫局长了,叫老苏就行。"老苏想着小陈,心里仍有气,说。"嘻嘻,还是叫您局长顺当。"安师傅仍笑着。

老苏不喜欢养花,但见安师傅挺热情,想到自己当了近二十年的局长都没进过花房呢,一时也就忘了刚才的不愉快,随着安师傅进了花房。

红的白的黄的绿的花让老苏心旷神怡,不由俯身在一株茉莉花上嗅了嗅。"您喜欢,我把这盆给您抱家去。"安师傅说。"好好。"老苏自己也莫名其妙地连声说。

看了一阵子,要走,安师傅果然抱了花跟在他身后。老苏觉得不妥,说:"还是让我自己抱吧。""我抱我抱,挺脏的。"安师傅趄着身子,不让。

到了,安师傅把花放在老苏家阳台上,说:"苏局长,只要您喜欢,我随时把时令的花儿给您抱来。""谢谢,谢谢。"老苏笑着连说。

果然,隔不了多久,安师傅就会抱一盆或红或黄的艳艳的花过来。渐渐地,老苏也就爱上了花。爱上了花,他便和安师傅有了共同语言,两人有说有笑,花来花去。但有一天,老苏忍不住了,问安师傅:"老安,你为啥对我恁好?""不为啥,但俺会感激您一辈子。"安师傅看着老苏说。不过,老苏连着追问了几次"为啥",安师傅却怎么也不肯说。当晚,老苏失眠了,翻来覆去的,还真想起了件旧事儿:十多年前,局里创省级文明单位时,临时从郊区招进了养了二十多年花的安师傅,次年,是他指示人事科长到县人事局给要的转正指标。

就为这? 老苏想。不过,除了这件事儿,老苏好像连话也不曾和安师傅说过。另外,老苏同时还想起自己当初并不情愿让安师傅转正,而是听人说有个上海人准备用年薪十万雇了安师傅去养花,他怕安师傅挡不住诱惑,影响了局里创省级文明的大事,才让人事科长去要的指标。"幸亏这些安师傅不知道。"老苏心里说。

第二天,老苏起了个大早,在局大门口拦住了小陈的车,叫了声:"陈局长!""有事吗,老苏?"小陈摇下车窗,笑问他。"陈局长,我当了近二十年局长,只有两件事让我耿耿于怀,想知道是啥不?"老苏笑吟吟地说。"你说,老苏。"小陈笑道。"第一件是我给一个花工转了正,第二件是我提拔了你当局长。这两件事,一件好事,一件坏事,你猜猜看,哪件好,哪件坏?""哈哈哈,"小陈笑了,说,"老苏啊,我今天有会要开呢,改天闲了,我去看你。"说罢哼了声,冷笑着拍了拍司机,示意开车走人。

老苏也笑,笑得开心。

安师傅一个多月没来了,家里的花也败了。老苏好生奇怪,有心去花房看看,但不知怎的,这念头只在脑子里一闪而过。又过了一阵子,安师傅忽然抱了盆菊花,一进门就歉然地说:"对不起苏局长,这阵子没顾上来看您。""病了,还是……"老苏看到安师傅,挺高兴,关切地问。"您还不知道呀,咱单位精简,让我下岗了呢。"安师傅说。

"咦,你不是快要退休了吗,还下啥岗呀?"老苏觉得奇怪,问。"是啊是啊,可陈局长说我当初来得就不正当,所以第一批就让我下了。"

"哦。"老苏恍然大悟,隐约看见了小陈那张菊花般灿烂的笑脸。

季师傅

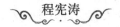

程宪涛

　　季师傅是厂里的一面旗。汽机检修技术无人能敌。季师傅十年前就能出去，走出偏僻的清河沟儿，到沿海城市去生活。

　　十年前，南方电厂汽机出现问题，几家检修公司无能为力，找到东北一家电厂。南方厂领导非常重视，派大巴去机场接人，厂领导一行恭候迎接。一个四十多岁的男人，瘦削单薄的样子，着蓝白色的工作服，胸前别着一枚厂徽，孤单单走下车，眯着眼睛迎着南方的阳光。厂领导向后面张望没有人了，询问去接机的人有关情况，得知东北厂就派了这个人来，姓季，自称季师傅。南方厂领导说先吃饭。季师傅说先到现场吧。

　　一行人到了汽机现场，汽机本体被拆卸开，就像被肢解的巨兽，没有了往昔的动感欢畅。季师傅围着转了三圈，抚摩着冰冷的设备，就像抚慰酣睡的婴儿。季师傅冲南方厂领导道："留下十名检修工，你们回去歇吧。"厂领导们半信半疑地离开。三天后，该厂一次性起机成功。那日，季师傅在水池边洗手，他改变命运的机会来了。他身后站着南方厂厂长。厂长操着广东话直接问："季师傅今年多大？"季师傅侧着耳朵问道："你说啥？"厂长微笑着重复了一遍。听得懂的人在旁解释。季师傅转头面向翻译人，道："三十一岁。"厂长叹道："这么年轻。你厂月工资不足一千吧，来我厂一个月一万元。"当时这是不可想象的数字。季师傅对翻译说："谢谢心意。"厂长派人力资源部经理游说，薪水涨了两千，他依然拒绝。南方厂厂长山穷水尽了，问："你们厂有多少像你这样人才？"季师傅道："老鼻子了。"厂长问："何谓老鼻子了？"旁边人笑说："很多的意思。"厂长说："能说出姓名来吗？"季师傅想想，道："比如我师弟小李。"厂长追问："比你如何？"季师傅道："一个顶俺俩。"厂长对季师傅愈加敬重，答谢晚宴的时候，连续喝了三杯五粮液，说认识季师傅三生有幸。

小李不久去了南方电厂。五年后东北厂成立十周年，邀请各界人士参加庆典。众目睽睽中小李走下主席台，一直奔到黑压压的职工座位，拉着季师傅的手摇着说："师兄啊，俺是小李子，没有师兄推荐哪有俺今天？"小李已经是南方厂副总了。这件事当时引起很大轰动。终于有人恍然大悟道："季师傅用的调虎离山之计。"小李和季师傅喜欢同一个姑娘，当时僵持不下，季师傅用名利把情敌勾走了，季师傅成为爱情的胜利者。后来有人感慨万端道："对姑娘不知是幸，还是不幸。"

这样的猜测经不起历史推敲，季师傅婚后几年间，南北方电厂如雨后春笋，待遇薪酬都优于老厂。老厂成本上无法与新建厂竞争。经常有人拿着报纸冲季师傅道，湖南招聘月薪一万五，或者广州招聘年薪十三万，或者天津招用人才啦。三五年的时间里，厂子陆续走了百余员工，归来时都是衣锦还乡的模样。季师傅的爱人观点早转变了，说不趁着年轻的时候挣钱，还等到什么时候呢？厂子这时让季师傅当了班长，他连续几年评为先进工作者，证书都被老婆撕得粉碎。老婆说："你就这么大的能耐了，整日戴着那个破厂徽，出去了也不嫌丢人，还以为你们厂是从前呢。卖菜的忽悠着和你抬价，自以为身价多高呢，只依靠着面子撑着活着。"老婆提到小李的成就，让季师傅受到很大伤害，但是季师傅依然故我。听不得老婆唠叨，他去街边蹲着看下象棋了。

厂子对面成立了一家电厂，对老厂造成巨大冲击，几近颠覆老厂的观念。该厂是股份制发电企业，全国招聘技术管理人才。季师傅的厂近水楼台先得月。没有等对方提出条件来，很多人摩拳擦掌跃跃欲试，招聘的条件

和待遇公布出来，果然石破天惊不同凡响。众人对某个职位横竖比较，简直为季师傅量身定做一样。朋友同事在追问季师傅："去吗？"季师傅笑笑，不予回答。季师傅所在厂真是落伍了。为了一份可观的年薪，很多技术工人档案都不要了，毅然决然辞职而去。

招聘截至最后期限，是季师傅最为痛苦的时刻，四十八岁的季师傅面对抉择，很多人眼睛围着他转动。季师傅没去应聘，似乎没有任何异常变化。晚上，季师傅朋友请他去酒店吃饭，宴席上有新厂人力资源部经理。季师傅意识到这是鸿门宴了。对方试探性地切入话题，问季师傅有否加盟意愿。季师傅警觉而生硬地问："给多少钱？"中间人暗示不要再谈了，他担心季师傅拂袖而去。人力资源部经理没有回答，他目光柔和地望着季师傅，轻轻道："可以不谈钱吗？"这样的回答让季师傅一愣。之后没有任何涉及工作的话题，那个夜晚季师傅有些迷醉。

季师傅回到家的时候，老厂的副厂长正在等他。副厂长是企业的老员工，他不住地回首往事，说季师傅本应该得到什么，比如奖金啊地位啊等等，只是近年厂子效益不好，或者某个领导的意见，耽误了季师傅等等等等。季师傅问："你想说啥？"副厂长只能进入正式话题，说，给季师傅私下透个信息，厂子研究决定给季师傅年薪，并且提拔做分厂副主任。

季师傅钉子一样盯住副厂长，副厂长有些不知所措。季师傅目光里有一种期待，副厂长好像终于读懂了，于是他狠狠心道："每年再涨一万元，或者，两万元行吗？"他很快看到季师傅熄灭的眼神。季师傅把目光完全收回来，轻轻摇头道："俺答应人家了，男人的话落地生根！"副厂长身边随行的人问道："他们开价很高吧？"

季师傅漠然道："他们不谈钱。"

必要的数字

戴 燕

宣传部干事小贾、小王和小张被通知必须在三天内拿出总结全县去年经济工作的领导讲话稿。

三个人接到通知后,急忙向县里各个部门索要总结材料。很快,各个部门的材料都报了上来。但是,很多部门的材料上的数字都是空缺,一问才知道,上一年的工作并没有结束,具体数字根本就没统计出来。

三个人很着急,对各个部门说,没有数字就体现不出全县经济工作的真实成绩,这些是必要的数字,对于写一篇经济工作报告很重要,三天之内必须统计后报上来。下面部门说:"我们尽力。"

于是,三个人决定先把稿写出来,具体数字在成稿之后再落实。

三个人夜以继日地写作,眼看交稿的日子就要到了,三个人又分别给各个部门打电话要数字,准备把空填上去。

各个部门还是说:"工作没做完,数字还没统计,我们不能瞎报。"

第二天就是交稿的日子了,宣传部部长要求对领导讲话进行审阅。

三个人无奈,只好把讲话稿交了上去。宣传部长发现了报告中很多数字都是空缺,他面沉似水,说:"这些数字你们是想让我去填写吗?你们做工作太不细致了!"

三个人把数字为什么没写的原因说了一遍,部长听了依然很生气,

职场百味·你若盛开,清香自来

说："明天县里就要开全县经济工作会了，无论如何，今天晚上我拿给领导的讲话稿必须是完整的！你们能干就干，不能干就走人！"说完头也不回就走了。

三个人垂头丧气地回到办公室，不知道如何是好。

这时，小贾忽然眼前一亮，对其他两个人说："咱们不用愁，不是有去年的经济报告吗？咱们根据去年的数字再往上增长不就是今年的数字吗？反正今年的数字没统计出来，领导也不能具体核实。再说了，本来大家也知道现在的工作报告水分很大。这样的会议大家就是听听而已，走走形式，谁能跟领导较真呀！"

小王和小张听了豁然开朗，三个人立刻笑逐颜开。中午，三个人连饭都没顾上吃，根据去年的经济工作报告，合计了他们认为比较符合领导心意的数字，把讲话稿中的空缺填了上去。

第二天，县里经济工作会议开得很成功。大家都知道全县经济形势一片大好。

当天下午，市报社的记者找到小贾、小王和小张，说听了县里的经济工作会议很振奋，她要写一个消息，于是要去了这份报告。三个人听了立刻傻了眼。小贾很担忧地说："对报社记者咱们实话实说吧，数字不准确，别把事弄大了，咱们本来就是应付差事，相信她能理解。"

于是，三个人对记者讲出了实情。

记者听了一点也没感到惊讶，说："我能理解你们的处境，我也是为了完成这次采访任务，反正会你们已经开完了，这些数字谁还能注意？领导念的报告谁还能怀疑呀？这些数字是这个消息中必须体现的，有了这些数字，这个消息才显得更生动。你们放心吧，不会有事的。"

很快，县里经济快速发展的消息见报了。市里领导看见了报纸非常高兴，给县里作了批示，表扬了县里领导的工作成效显著，要求他们乘势攀升，再接再厉。县里领导看了批示十分激动，表扬了宣传部长。要求宣传部长把这一好消息向各个部门传达。

小贾、小张和小王得知这一消息也非常高兴,小贾说:"三个臭皮匠顶一个诸葛亮,说的就是咱们!"

这时,报社记者打来了电话,告诉他们县统计局的人向她要这篇稿件的统计数字,说正好他们没有这个数字呢,所以先把这个数字拿去用。我跟他们说了这些数字不准确,他们说没有事,没有人会核实的。但是,他们统计的数字必须跟报纸上的一致,不然,领导念过的数字与他们的不符,他们就不好交代了。

不久,县各个部门的人开始给三个人打电话,说他们已经把去年的经济状况的数字统计完了,现在就报给他们。

拿到报告之后,三个人发现,这些报告上的数字就是他们三个人合计出的那些数字。

三个人互相看了看,哈哈大笑起来。

你俩到底是啥关系

戴　燕

　　早晨，报社编辑杨丽一边想事儿一边往单位走。正想着，有人拍了下她的肩膀。杨丽一看，是高中同学周俊。毕业快二十年了，忙于事业和家庭，大家见面的机会真不多，因此，两个人见了面很热情。

　　周俊开玩笑说："杨丽你咋的了？这么干瘪，怎么没以前水灵了呢？是不是没有爱情啊？"

　　杨丽一听，笑了，也开玩笑说："可不是嘛！我哪像你呀，家里应有尽有，我想吃点水果都没有，能水灵吗？"

　　周俊说："你是大编辑，跟我哭穷啊，想吃点水果是啥难事？我派人天天给你送。"

　　两个人又互相说了些话，就都上班去了。

　　杨丽刚到单位不久，有人来找杨丽。

　　来人手里提着两袋水果，说是周俊经理让送的。

　　杨丽一惊，没想到周俊做事这么认真。于是，打电话给周俊说："跟你开个玩笑你也当真，真让我不好意思。"

　　周俊说："我不是想让你水灵吗？"杨丽被逗乐了。

　　两人说笑完就挂断电话。这时，跟杨丽同一个办公室的编辑于姐走了过来，看见一堆水果，问："是哪个作者送的？"杨丽说："不是作者，是我同学周俊派人送来的。"

于姐说:"送礼也不送到家里,这个人没脑子。"杨丽说:"不是送礼,他是我同学,就是咱们市最大的水果批发商,我今天看见他了。这家伙居然送这么多水果来。你吃吧。"

于姐听了,惊讶地说:"就是那个有两个大型超市一个鞋城的周俊啊?我认识他啊,一表人才,他相当有钱了,我还到他单位拉过广告呢,但没成功,原来他是你同学啊。这个人要是帮你,你一年的广告任务就完成了。"

杨丽听了,没说话。

第二天,杨丽刚上班,周俊又派人送来两袋水果。

杨丽分给同事吃。于姐说:"这比天天送鲜花实惠多了。"

杨丽听了,觉得周俊对自己这么做有点欠妥当,于是,打电话给他,说:"别再送水果了。"

周俊说:"那我送点别的吧。"

杨丽想说"不用了",但周俊把电话挂了。

于姐一边吃水果一边对杨丽说:"你俩到底是啥关系呀? 就是同学他也不会没理由送东西给你吧? 是不是求你办什么事呀?"

杨丽说:"我能为他办什么事!"

于姐笑着走开了。

第三天,杨丽刚上班,周俊派人送来一袋超市里的饼干、饮料和零食。

杨丽的同事围了过来,大家感叹了一阵,说:"杨丽,你是不是交桃花运了? 周老板在追你呢。"

杨丽被大家逗笑了,说:"男人追我就给我买这些破东西啊,也太小儿科了吧。"

杨丽给主编送过去一些零食。主编叫住了杨丽,说:"杨丽,我听说这东西是周俊经理送的? 你俩到底是啥关系?"

杨丽说:"我们是老同学。"

主编说:"你们有这关系就好办了。这个月我们还有三万块钱的广告任

务没完成,你跟周俊说说,我们给他做个专访,跟他要三万块钱怎么样?"

杨丽听了,说:"我不知道他愿意不愿意做啊。"

主编说:"趁着他对你这么上心,跟他说说,他准能做。"

杨丽听了,想说:"他对我怎么是上心呢?"但是转念一想,有些事情越描越黑,还是不说了。

杨丽打电话给周俊,试探着问:"没想过在报纸上出个名啊?"周俊打趣地说:"我才不扯这个呢,你们宣传我还得我出钱。我有钱没处花啊?有那钱给你多好啊,让你更水灵。"说完,在电话那端哈哈大笑。

杨丽撂下电话,找到主编,说:"周俊不想宣传。"

主编说:"不可能。根据他对你近期的表现,我想,如果我领着你去,当面找他,这事肯定能行。到时候不用你说话,你在场就行。"

当天夜里,杨丽翻来覆去睡不着,觉得自己很对不起周俊,周俊给自己送东西没想太多,而自己把事情弄得很复杂,自己会被周俊看不起。

第二天一早,杨丽起床就给周俊打电话,说:"我要到外市学习一个月。"

周俊说:"好,什么时候回来通知我,我请你吃饭。还有,你家人什么时候想吃水果就说一声,我派人给送去。"

杨丽说:"谢谢你。"

到了单位,同事们发现周俊没给杨丽送东西。于姐问杨丽是怎么回事。杨丽说:"我不让他送了。"

于姐说:"就凭你俩的关系,这点东西对他来说根本不算什么,你怕啥呀。"

杨丽说:"我俩啥关系啊?我跟他就是同学而已。"

于姐说:"谁也没说你跟他是别的关系啊。"

这时主编把杨丽叫到办公室。主编笑着说:"今天周经理没给你送东西啊?"

杨丽说:"没有,以后也不会有了。"

主编问:"为什么?"

杨丽说:"没有原因。"

主编说:"你们关系不好了?"

杨丽低下头不说话。

主编说:"是不是他追求你,而你不同意啊?"

杨丽仍然低下头不说话。

主编说:"没想到杨丽你这么有性格。其实,他那个人还是不错的,现在有个婚外情人也很正常,你不应该拒绝他啊。再说了,你拒绝他,也等咱们把广告拉来以后再说啊,那样宰他一刀,你的广告任务完成了,他也出名了,大家都不损失啥呀,你说对不?"

杨丽不说话,一张脸看上去像个苦瓜。

桃花岛上

戴　燕

　　夏季里,报社记者杨丽终于等到了自己休假的日子,她决定去桃花岛游玩。

　　她跟记者部主任打招呼的时候,记者部主任热情地说:"桃花岛很美,你平时很累,这次就尽情地玩吧!"

　　受到记者部主任的鼓舞,杨丽很高兴,急忙跑回家收拾旅行用品去了。

　　坐了两个小时的船,杨丽到达了心仪已久的海滨景区桃花岛。

　　杨丽登上桃花岛就感觉到了浪漫的气氛,五彩的霓虹灯照耀着喧嚣的海边,海水里游泳的人们尽情地欢笑着。海水像音乐一样有节奏地冲上海滩,海风微微吹拂着杨丽的脸,仿佛情人的爱抚,使杨丽突然忘记了工作中的许多竞争和平日里心中的烦忧。杨丽想,我这次要还原自己,完全地跟大自然亲密接触,给身心好好充电。

　　三天后才会有船返程,所以,杨丽需要在桃花岛住三天。

　　就在杨丽准备进自己房间的时候,一对男女挽着手,说说笑笑地走进了宾馆,与杨丽迎面相遇。看见杨丽,男人松开了手。见此情景,杨丽的脸红了起来,战战兢兢地不知道说什么才好。眼前的两个人与杨丽再熟悉不过,男人是杨丽所在报社的主编,女人是记者陶红。主编是有家的人,但一直绯闻不断。平时在工作中,杨丽看得出来,很多女记者和女编辑都想跟主编攀上点关系,还为坐不上主编的大腿而闹心,互相争风吃醋。每次聚会,总有一些女同事借着酒劲儿向主编吐露心声,表达对主编的崇拜和需要被主编宠爱的情怀。那些付出的女同事果然也得到了想要的东西,有的是位置,有的是荣誉。

如今,人们生活压力都很大,使用巧计的女人们都在走一条征服男人就征服整个世界的捷径。杨丽能理解她们,但杨丽觉得那些世俗的事都是浮云,为了浮云让自己声名狼藉不值得。那些女人明明是搭鸡窝的料,硬要盖高楼大厦,还假装自己冰清玉洁,装腔作势地对杨丽指手画脚。杨丽也会感到十分愤懑,为那些女人感到可耻,有时她感到内心被垃圾填满了,有点不平静。这次出来旅行,杨丽就是想给自己找点缝隙,让心透透气。

杨丽没想到在桃花岛遇见了在她看来很不堪的场面。杨丽的脸变得通红,吓得腿有点发抖,她结结巴巴地跟主编打了声招呼。这时,主编身旁的陶红亲昵地挽起了主编的胳膊。主编看见杨丽,很惊奇地说:"你怎么有时间出来玩呀?"杨丽慌忙说,我休假了。之后,主编若无其事地跟陶红回房间去了。

杨丽进了自己的房间,心怦怦地跳个不停。她回想刚才自己看见的场面,内心充满了鄙夷和沮丧。鄙夷的是,陶红趾高气扬,沾沾自喜,毫无羞愧之意。但转念又一想,陶红还没结婚呢,勇于追求自己所爱,也没什么羞愧的,是自己大惊小怪了。杨丽沮丧的是,不知道今后怎么面对这两个人,毕竟有外遇不是光彩的事。这两个人以后会提防杨丽把他们的关系说出去的。

桃花岛上的景色确实很美,但杨丽不敢离开房间出去欣赏。她只有吃饭时才走出房间,其余时间就在房间里待着。她尽量避开主编和陶红,每天只是站在窗口向大海遥望。海水里,主编和陶红旁若无人地嬉戏,似乎他们知道杨丽在观望他们,故意表现出玩得很尽兴的样子。而在房间里的杨丽胆战心惊地度过了一天又一天,她从来没有像现在这样觉得时间过得太慢,也从没像现在这样感到心烦意乱,感到疲惫。她希望三天快点过去,她早一

点离开桃花岛,让主编和陶红相信她其实什么都没看见。

第三天,返程的船来了,杨丽第一个跳上了船,她找了一个角落躲了起来,悄悄地看着主编和陶红也上了船,两人站在船头依偎在一起,俨然一对情侣。杨丽忽然想,要是自己结婚了,找的男人跟主编一样喜欢在外面拈花惹草,作为妻子的自己内心该多么痛苦啊。想到这里,杨丽决定把这个秘密咽在肚子里,绝不能传到主编妻子的耳朵里。

两个小时过去了,杨丽好不容易等到船靠岸,第一个跳下了船,像小偷一样迅速地溜进路旁的出租车里,逃跑似的回到了自己的家。

假期结束,杨丽又回到单位上班。刚进办公室,记者部主任就神秘地对杨丽说,陶红跟主编也去桃花岛度假了,你没遇见啊?

杨丽听了,心怦怦地加速跳了起来,忙问:"你怎么知道?"

记者部主任迅速地打开了电脑,点到陶红的微博。杨丽看见页面上有一张陶红与主编在桃花岛的海边手拉手的合影。照片下写着一行字:"桃花岛幸福三日游"。

记者部主任感慨地说:"陶红这姑娘把这事都敢公开,就怕知道的人少,你说,还有什么事是她不敢做的呢? 咱们别小看她呀,她胆子这么大,前途无量啊,将来也许能领导你和我呢。"

杨丽看了照片,想起自己的桃花岛三日游,她真后悔自己躲在房间里,白白地辜负了桃花岛的美丽风光。

钝感女孩

聂鑫森·

在"盛世广告公司"，上上下下近百人，没有人不喜欢徐乐乐这个小女孩。说是"小女孩"，年纪也是二十有六了，应该算个"大女孩"。

徐乐乐皮肤白，个子高挑，俗话说，"白易得，长难求"。她五官的大小、位置，似乎经过精心设计，称得上是"绝色"，再施一点看不出的淡妆，"清水出芙蓉，天然去雕饰"，是真格儿的美丽，不是漂亮。漂亮的女子只有漂亮，而美丽的女子往往拥有良好的文化背景。她的父母都是教师，自己又是财经学院本科毕业，应聘到这家广告公司，满打满算干了四年，如今坐上了财务部的第二把交椅，"主任"前面只多了个"副"字。

徐乐乐的脸上，永远是浅浅的快乐的笑，见了谁都一样，即便有人当面说出难听的话，她也不动声色，好像没听见或者没听明白。这就是"钝感力"——迟钝的力量，别人没有，她有。

财务部的主任羿萱萱，是个美丽而精干的女子，比徐乐乐大两岁，也是个"单身贵族"。她是广告公司总经理孟如的大学同学，两人还有点儿亲戚关系，所以被委以重任。

孟如总是忙得脚不落地的样子，除广告公司之外，他还有别的业务，一般人难得碰见他。公司的员工各司其职，工作井井有条。对财务部有什么重要交代，孟如会直接去或打电话来，财务部也绝对会把事办得漂亮、瓷实。

羿萱萱是个灵泛人，她常会借故在上班时开溜，或干脆不来。她到底在忙些什么？徐乐乐从不打听，总是没心没肺地说："羿主任，我守在这里哩，有什么事我会办妥的，你尽管放心。"

孟如若是亲自来财务部，徐乐乐说："羿主任到银行去了，您有什么吩咐，我会转告她的。"

如果是打电话到座机上，徐乐乐就说："孟总，羿主任上卫生间了。等会儿，我让她给您打电话吧。"搁下电话后，她赶快用手机给羿萱萱发短信。

羿萱萱很欣赏徐乐乐：没有野心，也不锋芒毕露，与人为善，不搞小动作，是个好相处的伴儿！于是，一有机会，她就在孟如面前夸奖徐乐乐的品行和才能。孟如一高兴，给徐乐乐的三千元月薪，再加了五百元！

孟如是个会盘算的人，他在城里一个社区购置了一栋小别墅，装修后，再租给一个在本地经商的美国人，月租一万元。租金呢，每月打到专设的一个银行卡上，账户的名字是羿萱萱。卡由徐乐乐收着，密码却只有羿萱萱知道。从网上查询，钱打来了，再由她们一起在收条上签名，然后把收条夹进由徐乐乐掌管的单列账簿上。孟如这样做，一可以免交"所得税"，二可以让她们互相制约，确实是技高一筹。而且卡上的钱，他从不打听，积了好几年哩。

一晃就冬天了。

有一天，羿萱萱没来上班，空空的财务部就徐乐乐一个人，该做的事都做完了，寂寞无聊。她从保险柜里取出记录租金的账簿，认认真真地看和算。她的眼睛瞪大了，在所有的收条中，怎么少了一张？

徐乐乐记得几天前的一个上午，羿萱萱说要核查一下账簿和银行卡，当时她要去税务局办个事，就把账簿和卡交给了羿萱萱，这完全是例行公事。她是下午快下班时才回到财务部的，接过羿萱萱递过来的账簿和卡，看也没看，就锁进了保险柜。此刻，她的脑袋一下子就热了，少了一张收条不打紧，再上网一查，真还取走了一万元钱！她虽不知道密码，但别人难道不会说她窃取密码？这个黑锅她可背不起。

她倏地站起，愤怒地在屋子里走来走去，然后掏出手机拨号，要和羿萱萱核对一下。但她马上又冷静下来,这可使不得!假如是总经理要羿主任取的钱呢?假如是羿主任自个儿取了钱有急用呢?她一问,这个"仇"就结下了,何况,即使孟如知道了,羿萱萱死活不承认,他碍着老同学的面子,只会迁怒于她,她还待得下去吗?

徐乐乐决定,什么也别问,"走马观花",真到了那时候,再想办法吧。

徐乐乐依旧是快快乐乐、无拘无束的样子,和羿萱萱单独在一起的时候,两人谈貂皮大衣,谈羊皮手套,谈口红、香水,谈新上映的电影,谈演得正火的电视剧……

离春节只有几天了。

孟如打电话来时,羿萱萱正好外出了。

"孟总,我是徐乐乐。羿主任去工商局了。好,将储蓄的租金都取出来,明天让羿主任送到你家里去,误不了事的。拜拜!"徐乐乐忽然长舒了一口气。她飞快地列好表格,填上一共是多少个月的租金,总金额是多少。

第二天上班时,徐乐乐含笑对羿萱萱说:"孟总要取出所有的租金,说有急用哩,还说请您把现款送到他家里去。"然后,递上一个鼓鼓的大牛皮袋,又漫不经心地说:"账簿、银行卡、表格都在里面,羿主任,您清点清点吧。"

羿萱萱说:"清点什么,我还信不过你?不费那个精神了。"

春节过后,有一天,孟如去了财务部,当着羿萱萱和徐乐乐的面,说:"这笔租金,分文不差,可给我帮了大忙,谢谢二位。"

徐乐乐说:"孟总,是羿主任管理有方,我只是她的小助手。"

孟如挥挥手,走了。

羿萱萱说:"今晚,我请你看话剧《毒春麻辣烫》,在'富华大剧院',这是票。记着,你可得准时到!"

徐乐乐说:"羿主任,谢谢你!"

"徐乐乐,你支持我的工作,我真应该谢谢你哩!"

辞 职

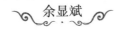

余显斌

他是男人，却长着个水蛇腰。走路时，还爱双手交叠斜搭在小腹右侧，迈着小碎步，也就是过去舞台上所说的莲步，步步生莲。

他不是旦角，也不是演员，是公司职员。

一次，吃油条时，我们几个人在一块儿，还有一个女孩。突然，女孩笑了，向我眨眨眼，嘴一撇一扬，沿着她指示的方向，我望过去，一边问："咋的？"

她一撇嘴道："兰花指。"

我再看，果然，他坐在那儿吃油条，两指掐着油条，食指、中指和小指高高跷起，葱白细嫩，典型的兰花指。而且，他吃油条，也一小口一小口，嘴不小，但偏做樱桃状。于是，私下里大家称他假女子，又因为他姓贾，大家又称他贾迎春：在《红楼梦》的三春中，迎春最柔弱，也最怯懦，大家觉得和他吻合。

他除了动作女性化，还爱看美女，坐在办公室时，如果有高跟鞋响起，他一定会首先抬起头，一双汪汪的眼睛望着高跟鞋来，又望着高跟鞋经过，再望着高跟鞋远去。因此，私下里，他又得了一个"色"。

只有我知道，他这不是色，是在观摩学习。

他曾告诉我，柔能克刚。

这话我信，《道德经》上，老子把这说得很全面。

他还告诉我，女人与蛇最有忍劲。

我不知他告诉我这些究竟为啥，所以，近视眼在眼镜后眨啊眨的，眨出无限的疑问。他笑了，一拍我的肩说："做老总的秘书，就是要忍啊。"

我恍然，他学女人，原来要学女人的柔弱和忍劲啊。可是，也不能学女人的动作啊。不过，这话我没说出，谁让他是我的上司呢。

我觉得，我也应当学点忍功了。

一次，我做一个计划，交上去时，在信封上写下一句话：请刘星总经理指正。交上去后，他知道了，汗珠一粒粒钻出来，嘀咕："总经理就总经理啊，干吗还加个刘星呢，唉——"他牙痛一般吸一口气。我一听，汗也钻了出来，说："怪我，你别急。"

"我能不急吗？我管着你啊，这说明我工作也有问题啊！"

那一天，他都无心情工作，怕刘总生气，会拍桌子，怕刘总会炒了他，或者我。他长叹："我没指导好你，唉——"由于着急，上午吃油条时，他忘了用兰花指。

我劝他："可能刘总没看见。"

他嘴一噘道："我宁愿他现在看见了，早发过火，我心里早些安宁点。"

但这件事终久没发生，他却足足瘦了一圈，以至于水蛇腰变成了杨柳腰，让最苗条的女人见了，都妒忌得粉脸通红。

那天，是星期天，他把五岁的儿子小贾带到办公室，小孩叽叽嘎嘎的，玩一个飞机模型。刘总来了，要一个方案，刘总身后，也跟着个小尾巴，是他三岁的儿子小刘。

方案还有一会儿才做好，刘总坐下来等。

两个小孩凑在一块儿，小刘要小贾手中的玩具，小贾不给，小刘一把扯过，小贾去夺。小刘拿起模型朝小贾头上砸去，小贾"哇"地哭了，头上起了个包。

小刘慌了，也"哇"一声哭了。

刘总走过去,把小贾手中的模型拿下来给了儿子,一边笑,一边摸着儿子的头:"别哭别哭,这小家伙蛮有性格的嘛。"说时,满脸阳光。

"啪"的一声,一声瓷杯响,我们吓一跳,回过头,原来是他。他把杯子扔在地上,一脸铁青,对刘总说:"道歉。"

"谁?"刘总很吃惊。

"你,给我儿子。"说着,他一步步走过去。

"你个假女人,咋成李逵了?你——"话未说完,刘总脸上挨了一拳。他盯着刘总,愤愤地说:"记住,这是在我儿子面前。"

第二天,他递了辞职书,走了。走的那一刻,仍迈着莲步,可我们没一个敢叫他假女子,或者贾迎春了。

你若盛开，清香自来

余显斌

大学毕业，分到单位，他做了冷总的助手。

冷总，是大家对冷总工程师的简称。他以为冷总是个老头子，见了面，大惊，眼前是个三十岁左右的书生，一副眼镜，见人就笑，很少说话。

"这样的人，做学问可以，在外面搞规划搞建设，玄乎。跟着他，能学到什么？"他的心中，有些失望。

他想，现在自己和这位冷总算是一根线上拴的蚂蚱了，他得替冷总想着点，努力向外推介冷总。推介冷总，也算推介自己。

他觉得冷总的话太少，对个人介绍得更少。因此，每次参加研讨会学术会，他会极力钻进人群，尽心尽力指着冷总向大家介绍，什么国内著名建筑大师啊，曾经获得过什么奖啊等等，一一道来。每每说到这些，冷总都会拦住他，悄声问："说谁啊？"

他得意地道："说你啊！"

冷总摇着头，连连道："没有的事，别胡吹。"

他却大不以为然："现在这社会，什么都可以不要，唯独不能不包装。"他看了冷总的名片，也十分不满："一张破纸片，上面印一个名字，一个电话号码。这怎么行？"

他重新设计了一款名片，装潢精美，银线镶边，上写：国内知名建筑大师

冷星,总工程师。然后,印上电话号码。当然,也没忘了在下面印上冷总助手的名字和电话号码。这样做,一石二鸟:冷总扬了名,自己也逐渐为人所知。

他把这沓名片送给冷总,满心以为冷总会十分满意,谁知冷总却很不高兴,说:"应踏实做人,怎可大吹特吹呢?"说完,把这沓名片锁进了办公桌,仍用自己的旧名片。

他长叹,这孩子看不清市场形势,跟不上社会大势,看样子,活该他"冷",只是害得自己憋屈。

可是,事实恰恰相反。几个月下来,他惊讶地发现,这位冷总的生意格外火爆,来找冷总规划工程的人络绎不绝,有一项还是关于本市标志性建筑的。

他跟在冷总身后,乐呵呵的,忙得不亦乐乎。

私下里,他请教冷总,询问他工作业绩如此显著人气如此之旺的原因。冷总推了下鼻梁上的眼镜道:"你若盛开,清香自来。"

这句诗一样的语言,让他如品橄榄。

随着时间流逝,他也想主持一项工程。他想,这样一来,自己也可以像冷总一样了。可是,想法刚端出来,就遭到冷总的批评:"你这是侥幸,是冒险,坚决不行。"

"为什么?"他问。他的理由很充分:自己名牌大学建筑系毕业,导师又是建筑界元老;跟着冷总实战演习已有一年,自然可以接工程了。

"你那么多生意,分一项我来干,不是很好吗?"

冷总摇摇头,仍不答应。

"怎么?我不会抢你的饭碗!"他有点愤怒。虽说,他是冷总的助手,可由于年龄相当,两人几乎成了无话不谈的朋友。

冷总并没生气,翻出个笔记本,一条条指给他看——哪月哪日,在一项工程中,他提议所用钢筋标号不行;哪月哪日,在一项工程中,他所提议的水泥质量不达标;哪月哪日,在一项设计中,他的建议没被采纳。

事情记得清晰明白，让他目瞪口呆。

冷总拍拍他的肩，告诉他："建筑无小事。稍一侥幸，事关人命。大意不得。"冷总说话，句子很短，很干脆。

又过了一年，一天，市委搞一项工程，点名要冷总主持。冷总愉快地接受了任务。可是，天有不测风云，冷总突感身体不适，一检查，需要住院一年。面对工程，冷总犹豫不决。

他见了，劝冷总住院，工程自己可以主持，翻不过梁的，可以请教冷总。冷总想了一会儿，拉着他的手道："就这样。"于是，工程以冷总的名义，在他的主持下，一步步展开。

半年后，工程圆满结束。全市电视抽查，市民对工程质量满意度竟达到百分之百，一时，轰动全市建筑业。大家议论纷纷，都说冷总又放了颗卫星。

为此，市里召开了一场新闻发布会。会上，大家纷纷请冷总作经验介绍。冷总一笑，推出他道："这是我的助手小李主持的，前段时间，我一直住在医院。"

他被推上前台。立时，掌声如雷。

他成功了。会议结束，他送冷总回医院，冷总笑了，告诉他，不用了，自己本来就没病。他愣了一下，接着醒悟过来。原来，这是冷总在给他创造机会啊。

"谢谢你，冷总。"他感激地说。

"要谢应谢你自己，是你自己给自己创造了机会。"冷总笑着说。

称　呼

蒋　寒

一个称呼,郭为民给李大骅脸色了。情同手足的老同学给脸色了。

李大骅没在意,李大骅就这么大大咧咧,趁着酒兴,又举起了杯,老郭!我敬你! 郭为民装作没看见,侧脸同小张说话。杯举到鼻前,仍不见,仍说话。都看见李大骅的脸红透了。老王用胳膊顶他一下,提醒道:"处长了。"李大骅好像没明白,索性也顶了郭为民一下。郭为民一晃,酒泼到了身上,扭头看着李大骅,脸就黑了。李大骅忙赔不是。见状,小秦举杯解围:"郭处长,我敬你!"郭为民一挥手:"改天吧。"起身走人。一顿庆祝宴不欢而散。

老郭咋这样啊? 李大骅闹不明白。

老王笑:"你也是,人家处长了,还叫老郭。"

"处长有啥! 从大学到单位,到他当科长,不一直这么叫的吗?"李大骅实在不明白。

老王擂他一拳,摇头而去。

李大骅头都大了。回家,只字不提郭为民提升的事,怕老婆埋怨他不如老同学,他只说同事聚会。一呼噜到天亮,他感觉头不大了,喝酒的事也忘了,又乐呵呵地上班。

碰到郭为民,照样叫一声"老郭,早!"

郭为民装作没听见,一闪而过。

"老郭!"李大骅提高嗓门儿。

郭为民仍是头也不回。

李大骅惊讶地看见，一路有同事向郭为民点头问好："郭处长早!""早。"李大骅郁闷。

妈的，叫他郭处长，耳朵倒灵光了。叫他老郭，还跟老子摆谱。老子偏不叫。

李大骅要不是犟驴，凭能力，早爬郭为民头上去了。可他不在乎这些，在乎的是工作上对得起单位，生活上对得起家庭，还有兄弟感情。

大学里，他们饭票从不分彼此。郭为民饭量大，他省着；毕业后到单位，又合伙租房，后来购房还是在一个小区。可以说，他们像亲兄弟一般。郭为民官瘾大，他工作上拼命顶着，这下好了，顶到处长宝座上，跟他摆谱了。

没劲! 李大骅坐到办公室里只盼下班，要么煲电话粥，要么跟同事瞎侃。

没想到的是，郭为民在单位摆摆谱罢了，居然还在小区跟他老婆肖敏摆谱。

周末，他陪肖敏逛商场回来，进小区碰到了郭为民，肖敏招呼道："老郭!"

郭为民看都不看他们一眼，一闪而过。

肖敏蒙了："老郭怎么啦? 甩脸子了。"

李大骅说："可能是没看见吧。"

"不对，老郭以前不这样啊?"

毕竟在一个小区，肖敏很快就弄清了郭为民甩脸子的原因，便嗔怪李大骅："你也是，人家升处长了，还叫他老郭，难怪他不高兴。"

"德行，"李大骅一哼，"老同学还摆那臭谱? 何况又不是在单位。"

"驴! 人家有的摆，你呢?"肖敏嗔道，"一块儿到单位，人家都爬你头上一大截了。"

李大骅住了声，郁闷。工作上不得不面对郭为民，有时候得汇报，得招呼。

这天，李大骅要向郭为民汇报一个材料，见了面，李大骅咬牙才叫出一

声"郭处"。他自己也不知为什么，反正"长"字就是出不了口。

听他叫"郭处"，郭为民眼睛一亮，随后忍俊不禁，指着他说："老李，你真有意思。"

老同学脸色放晴，李大骅心里也明朗了，工作劲头又上来了。郭处长郭处短的，李大骅慢慢叫习惯了，单位叫，小区叫。适应了。

郭为民也适应了。

可是这天，李大骅上班碰到郭为民，很自然地打了声招呼："郭处早！"

郭为民却视而不见，一闪而过。

李大骅一下愣住了，老王在背后顶了他一下，提醒道："该叫局长了。"

"妈的！"李大骅郁闷。

李大骅没多久就接到了提前退休命令，理由是，他已跟不上新形势。他去找郭为民，郭为民出差了，直到他办完手续才回单位。郭为民说为他补个欢送宴。他一声苦笑。

李大骅退休，肖敏没埋怨，反而安慰他说："退了好，像你这么拼命，干吗？到头来好处还是人家的。好了，就在家养养花草吧。"

李大骅就在家养花草。

李大骅养花成了小区名人，老少见他都打招呼，叫他老李，他听着舒坦。他耐心教大家选花养花，还把家里多余的花匀出来，他很开心。

日子过得飞快，转眼几年过去。

这天，李大骅去单位领退休金，进财务室时碰到郭为民出来，不知咋称呼，该叫啥。

郭为民很尴尬，笑道："老李你真有意思，还是叫我老郭吧。"就躬着背走了。

李大骅蒙了，他这是怎么啦？

"你还不知道啊？"财会小孙说，"经济问题，下课一年多了，落了个降职退休。"

"又叫老郭！"李大骅想起就笑，"妈的，摆谱，绕一大圈儿还是给绕回老郭了。"

处长的心情

蒋·寒

近来覃处长变化了，一见大家就笑容可掬，咧嘴打哈哈了。人逢喜事精神爽！覃大明爽啥呢？

大家琢磨着，张局没到站，吴副马副也没有挪动迹象，他覃大明爽啥呢？再说他家里，有人悄悄打听了，他公子还在上中学，没啥捷报；他夫人仍在商场站柜台，也没什么喜讯，他爽啥呢？这个覃大明，一下子倒让全处上下丈二和尚摸不着头脑了。

覃处长不仅乐了，且话也多了，爱串门了。细心的卫大姐发现，每回覃处长串进办公室，总爱往透明的窗前站着。有时天阴窗暗，他就往明亮的灯光下站。他就那样站在亮光下跟大家说话，打哈哈，声音十分洪亮。

这就更让人好奇了。都想弄清他为何心情好，可都不好直接问。于是，有人想到了请他吃饭。对，覃大明这人平常最喜欢别人请他吃饭，也从不讲排场，即便是吃碗面条，他也总是对邀请者满脸灿烂。可他近来的灿烂，却让人感到莫名其妙了。

小光第一个向覃处长发出了邀请，小光是想替张局弄清他心情好的原因："覃处长，今晚我请你吃饭。"

覃大明一改以往"好啊好啊"的豪爽，看着小光，面带微笑："有事吗？"

小光措手不及，支吾道："没事没事，就是请您吃个饭。"

覃大明收了笑容："没事吃啥饭！"

小光一下语塞了："处长……"

覃大明手一挥："去吧去吧。"

小光为张局碰了壁，老曾为吴副碰了壁，卫大姐为马副碰了壁。处里许多人碰了壁。覃处长的突变，反倒更加引起了大家的好奇。这种好奇逐渐从处里蔓延到其他处，迅速在全局扩散……覃大明为何心情好呢？

覃大明心情好了的信号，直接让几个局头感到了不安。看见一向喜欢吃吃喝喝的覃大明突然拒绝了吃喝，他们也谨慎了，有意减少了饭局，尽量克制着应酬，连说话都要打几个问号了。如此，他们仍旧提心吊胆，睡觉也琢磨着覃大明的变化。头儿们就纷纷使出撒手锏，决心弄清他葫芦里究竟卖的是什么药。

各方信息反馈，覃大明没有任何对大家不利的迹象，正常上班下班，除了比先前爱串办公室，爱说话，爱打哈哈，爱往明亮的地方站，别的再无什么异常了。这个覃大明，心情一下子好起来，倒把大家整紧张了，整郁闷了。

覃大明到底唱的是哪出戏呢？

大家的心一天天悬着。特别是几位局头儿，不仅悬着，且都吃不香、睡不着了。不是怕哪天莫名其妙从天上跌下来，砸坏了官椅，而是担心自己被莫名地揪出来，身败名裂，倾家荡产……

再看覃大明，宛如一个杂技团团长，把大家弄到钢丝上踩着……他自己却抱胸仰躺在沙发里，悠悠地欣赏着大家的表情……大家为这意识感到惧怕，都恨不得把他当蚂蚁一样捻死。

都恨不得捻死他，但又不得不见他。局里这天召开处级以上干部会议。休息间隙，吴副捂着腮帮子痛苦地说："牙齿上火，痛好几天了，哎哟。"马副接过话题："那得注意，牙痛不是病，痛起来真要命，钻心啊！"说到牙痛，大伙儿都有一肚子苦水，七嘴八舌趁机倾吐着。张局提醒大伙说："牙齿可是人生之本啊，得爱护啊！"

张局话音一落，一道亮光往大伙儿眼前一闪，只见覃大明咧开嘴哈哈大笑道："张局说得没错,牙齿不好,吃啥都不香了。"大伙儿的目光几乎不约而同地惊疑地停留在覃大明雪白的牙齿上,大伙儿都惊疑覃大明牙齿的变化。

马副首先惊道："老覃,你啥时安了一口白牙?"

"是啊,是啊!"大伙儿几乎不约而同地想弄清他为何要安一口白牙。

覃大明这才得意地张大嘴巴,得意地分开上下唇,把雪白的牙齿尽量呈现在大伙儿眼前,指着牙齿得意地说："看清楚,是真牙,不是假牙。"

"真的?"大伙儿不顾脸红皮臊,连忙问,"怎么这么白?"

"很简单啊,定期去医院做洁牙手术,医院有专业工具,剔得干干净净……"

"哦!"大伙儿又几乎不约而同地倒抽一口凉气,心头悬石落地,终于痛快了。

这之后,张局的心情也开始好了,吴副的心情也开始好了,马副的心情也开始好了……

醉酒司机

蒋 寒

薛大进滴酒不沾,却是单位有名的醉酒司机。但年终先进还非他莫属。

这让单位两位老司机老应、老裘不服。

单位是个上情下达的单位,协调应酬多。协调应酬免不了吃喝,吃喝免不了醉酒,醉酒最担心的就是安全。单位三位司机,就薛大进不沾酒,加之当兵出身,驾技一流,胆大心细。领导便格外看好他,有他在,喝得就踏实。喝高了,喝趴了,喝瘫了,喝得不省人事了,往车上一躺,第二天醒来,准在自家床上。

老应、老裘有苦难言,开车几十年,保障了数任领导,没有功劳也有苦劳,凭啥先进就给了薛大进? 他俩是贪杯,可那小子来单位前,领导照坐他俩的车,坐得好好的,却不坐了。

戒酒。老应、老裘下定决心。

年末,是联络感情的好时机。单位虽不大,人不多,但心不能散。这个时候聚聚餐、聊聊天就显得十分必要。聚餐安排在食堂,丰盛的菜肴温暖了单位十多双眼睛。

"来,"领导举杯说,"一年了,大家辛苦了,今天各位就放开吃,放开喝,都不开车了,打的回家。小钱,发车马费。"财会小钱掏出信封,一人一百元抽给大家,一双双眼睛亮了。

气氛随即活跃起来。举杯,喝!

举杯时，一双双眼睛不约而同地停留在老应、老裘手上。领导问："你俩咋端茶水？"

"戒了。"老应、老裘笑道。

"戒了？啥时戒的？"

"打今儿起。"

"戒了好！不过今天不行，除薛大进不喝酒、小郑酒精过敏外，其他人都得喝。"

"喝！"大家轮番跟领导碰杯。老应、老裘面面相觑，咬牙端起酒杯，说："就最后一次。"

碰杯。干杯。烂醉。看着各自打的回家，领导才让薛大进扶他上车，一挥手："走。"

车稳稳地前行。

领导说："小薛，好样的。"

薛大进说："谢谢领导。"

领导说："当过兵就是不一样，素质高。老应、老裘说戒酒，可到底还是经不住诱惑啊。"

薛大进没吭声。

没想到老应、老裘真戒酒了。戒了，领导仍不坐他俩的车。他俩眼里无不流露出失望。

这天，领导急着出去，找不到薛大进。老应、老裘眼看机会来了，忙把车开到办公楼下，整装待发。可热锅蚂蚁似的领导硬是不上他俩的车，直到把薛大进等回来。

领导只狠狠瞪了一眼薛大进。

仅此而已。

老应、老裘心里堵得慌，只想一醉方休。咬咬牙，溜回值班室看电视去了。

都同情他俩，一个老婆下岗，儿子待岗；一个老婆长期卧病，背负生活和心理双重压力。都担心他俩扛不住。可是领导为何还给他俩救济金，既不

炒他俩,又不坐他俩的车? 都不明白。

回头再看薛大进,每天车净如洗。以前都敬佩他的军人素质,从此咋看他都不顺眼了。

又逢单位应酬高峰,副职们都派上阵了。领导叫上薛大进去对付一个团队,两桌人。

领导是久经沙场的老将,平时拿下一两桌人不在话下。可这回这阵势,女士占了一小半,上酒桌的女士不能小看。一圈下来,领导招架不住了,借口上洗手间,溜出来让薛大进赶快打电话搬救兵。搬谁呢? 领导犯愁了。

薛大进斩钉截铁地说:"我上。"

"你?"领导差点没被吓倒,"你,你能喝?"

薛大进垂下头,没再吭声。

可眼下又找不到人。领导只好拍拍薛大进:"好,你上! 今天破例,不开车了,打的回去。"

领导把薛大进推到桌前,介绍说:"这是我的司机小薛,给大家敬杯酒。"

大家惊道:"看来今晚是豁出去了,司机都上了! 好,都雄起。"言语中带着几分挑衅。

薛大进吩咐服务员打开十瓶白酒,大家惊呆了。更惊讶的是,他让服务员把大家的小杯换成了大杯,然后,敬客人三杯,自饮三杯……

见薛大进喝酒的气势,在座的无不对领导竖大拇指,真是强将手下无弱兵!

领导受到鼓舞,再次冲锋陷阵。一圈下来,两桌人全被放倒了。两眼发蒙的领导,恍惚看见客人们趴在桌上直求饶。

不省人事的领导最后还夸薛大进:"好!"

第二天领导醒来,听夫人说昨晚是薛大进开车送你回来的,倒抽了一口凉气。

薛大进被解聘了。

面对这个事实,老应、老裘不解,单位所有的人都不解。

领导要看我父亲

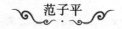

范子平

当领导少不了看病人，我的领导这就要去医院看病人，让我跟着去服务。我就和司机一起下了楼。按惯例在商店买了花篮和礼品，我就跟领导一起到市人民医院。领导说："小王，你问问心血管内科病房在哪里，我们到心内住院部210病房看看朱总。"我领着领导直奔心内住院部二楼，把带的东西放进病房，就知趣地走开。大约二十分钟后，领导下楼上了车。小车缓缓驶出医院，细心的领导忽然想起什么，说："小王对这所医院蛮熟悉的嘛，我看你也没有问路就直接领到病房了。"我怔了一下，说我往这里跑的趟数多了，我父亲也在这里住院。领导听了漫不经心问："你父亲也在这里住院？啥病啊？"我说和朱总一样，都是高血压、高血脂、心肌梗死，在这儿输液治疗。领导随口又问："你父亲是干什么的？"我说是市一中的老教师，还得过全国模范教师的称号呢。领导就感叹说："真是老功臣，桃李满天下。今天晚了，改天专门去看望你父亲。"顿时我感动得泪水直想往外流。要知道我们这个地方人口几十万，当父母官可是成天忙。忙中还不忘一个身边工作人员的父亲的病情，真是和基层心连心！

领导没断去医院看病人，这一次又让我跟去搞服务。我和领导及司机一起下了楼。按惯例在商店买了花篮和礼品，我就跟领导一起到省人民医院。领导说："小王，你问问心血管外科病房在哪里，我们到心外住院部603

病房看看胡总。"我领着领导直奔心外科住院部六楼,把带的东西放进病房,就知趣地走开。

大约半个小时后,领导下楼上了车。小汽车缓缓驶出医院,细心的领导忽然想起什么,说:"小王对这所医院蛮熟悉的嘛。"我犹豫了一下,还是说,我父亲从市人民医院转到这个医院做搭桥手术。领导说:"你的父亲也是心脏病?"我说我父亲的心肌梗死比胡总重,听说胡总放一个支架就行,可医生说我父亲必须赶紧做搭桥。领导又问:"你父亲是干什么的?"我不由一愣,说是市一中的老教师。领导就感叹说:"真是老功臣,桃李满天下。今天晚了,改天专门去看望你父亲。"我忙说谢谢领导关怀谢谢领导操心。

干我们这行的少不了要搞材料。这次受命下去调研回来,我执笔写出了一万字的专题报告,几个反复修改后,一起向领导汇报。领导听我读完很满意,说除了几个具体问题需要修订,整体上是一个成功的材料,表扬我文字功底很扎实。同事趁机又为我说好话,说小王父亲住院动手术,晚上跑医院侍候,白天回来坚持工作。领导随口就问:"小王你父亲什么病?"我说心脏病做搭桥手术。领导又问:"你父亲做什么工作啊?"同事说:"小王的父亲是老教师,全国模范教师呢。"领导看看手表说:"老教师,桃李满天下,是老功臣啊!今天晚了,改天我专门去看望小王的父亲。"我忙说谢谢领导关怀谢谢领导操心。

那次汇报过去没有两个月,这天我又随领导去看病人,第一看望在钟楼医院住院的上级领导,第二看望在省人民医院住院的上级领导。服务过后我在车上等,领导看过病人上车就感叹:"现在党政干部就是容易生病,主要是伏案劳动缺乏活动,小王你也要加强锻炼啊。"我说我向来身体强壮精神好。领导又问:"你父母身体都好吧?"我说我父母身体一直很好,从来不生病。领导说:"老人不生病最好,许多病常常会遗传呢!"领导说完呵呵笑,我也跟着笑出了两眼泪花。

你像一个人

崔　立

方竹看到秦若馨的第一眼，脑子里就有种似曾相识的感觉。

于是，方竹朝秦若馨又看了一眼，笑笑，说："你像一个人。"

秦若馨略显紧张，说："是吗？"

那幕场景，发生在公司的招聘现场。

方竹的公司要招一些员工，秦若馨是来应聘的。方竹很认真地翻了翻秦若馨的应聘资料：名牌大学毕业，专业对口，成绩优秀。一切都和方竹想象中的一样。真的是很像啊。

方竹说："下周一，你来上班吧。"

秦若馨说："好，谢谢您。"

周一，方竹给秦若馨安排的是最基层的工作。按理说，秦若馨是方竹亲自选定的人，应该多加关照。而且，以秦若馨这样的条件，是不该做那样的活儿的，太屈才了。

方竹的秘书很不理解。方竹笑笑，没解释。

奇怪的是，秦若馨也未有异议，最基层的工作，做得有条有理，面面俱到。就连秦若馨的上司都不由得赞叹："这女孩子，真不得了。"

方竹很少过问那些部门的事儿，却破天荒地进了秦若馨所在的部门。秦若馨的工作已经做得很完满了，但方竹似乎有什么针对性似的，横挑鼻子

竖挑眼,把秦若馨工作上的个别小小的瑕疵,都给放大了。

大家不明白,方竹这是怎么了?他们的老板方竹,以前可不是这样的啊。

秦若馨倒很镇定,居然微笑着,很有些委曲求全地接受着方竹提出的一个个问题,再三表示,一定不会有下次了。

因为努力,也因为工作需要,一年后,秦若馨上调去了另一个部门,职务和薪金,都有所提高。

那份工作对秦若馨来说,也是驾轻就熟的。秦若馨的能力,确实较强。但秦若馨,还是被方竹不断批评着,甚至在某些公开场合,方竹还不止一次地提到了秦若馨工作中的不足。

若换了别的人,老板一味这样挤对,早就辞职走人了,但秦若馨不。秦若馨真的太能忍了。

她就像是一条小鱼,明知道上面是激流,还一门心思、毫不惧怕地往上冲,一直往上冲,直到攀上她所要到达的终点。那几年,秦若馨就是在方竹的责骂中成长的。秦若馨从一名小小的部门员工,一直升到了公司的总管。下一个可以挑战的岗位,就是副总经理了。

这是一个一人之下、百人之上的职位。

可就在这个关键的当口,方竹突然提出,要和秦若馨解除劳动合同。

秦若馨不明白。她自问,这几年,在公司里任劳任怨,从基层做起,一步一步一直干到总管的位子。为了公司,不说功劳,就算是苦劳,也有不少吧?为什么好端端的,要把她开除了呢?

公司其他的人,也都很不理解。老板方竹,是不是疯了?

但方竹显得很决绝,从未有过的决绝。

最终,秦若馨离开了公司。

三年后,秦若馨自己开的公司,已经小有起色。

方竹主动约的秦若馨:"一起出来吃顿饭吧?"

在饭店里,方竹说:"最近公司好吗?"

秦若馨说："还好。"

方竹笑笑，说："有需要帮助的，尽管说话。"

秦若馨摇摇头，说："不用，我能搞定。"

看得出来，秦若馨对方竹当年辞退她，心里多少有些芥蒂。

方竹像没注意到一样，问秦若馨："还记得那一年，你应聘时，我说过你像一个人吗？"

秦若馨点点头，说："记得。"

方竹笑了，说："你知道，你像谁吗？"

秦若馨摇摇头，说："不知道。"

方竹说："你就像年轻时的我，拥有才华，却不舍得展翅高飞。我那时碰到一位师傅，他对我极为严厉，不断打压我，促我成长……和你当时被我开除时一样，我也被他开除了。临走时，他送了几个字给我，我今天转送给你——海阔凭鱼跃，天高任鸟飞。"

明天更美好

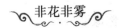
非花非雾

跟我一起被通知面试的是五个同龄人。

主考是一位元老级的大姐,姓田。陪考的是一位神色稳重又和蔼的中年人。

第一项是让各人谈谈自己的工作设想。那个苗条利落的女孩率先发言:"我建议把业务部的员工分成两组,形成对比和竞争。每月由经理和老总考评一次,业绩差的扣奖金,由全组人均摊;连续三个月落后的组,主管要直接负责任。"

田大姐的脸立即拉得老长。陪考的中年人却微微颔首。

应试者都谈了自己的看法后,两位考官当场轻声合议,看得出他们意见有分歧,但中年人还是郑重地宣布:"袁慧、辛亚迪留下来,参加第二轮面试。"袁慧是那个苗条女孩,她一拢反翘的短发,笑了。辛亚迪是我。

走出公司大门时,田大姐在后面叫住我:"这个袁慧是不是有人指使来跟我叫板的? 当着老总的面对业务部含沙射影。"

我说我不认识她。

原来陪考的中年人就是老总! 业务部主管田大姐和业务经理矛盾很深,员工们自然分为两派,那业务经理刚刚调到别处。袁慧应试的话,得罪了田大姐,也就得罪了她那一派。面试第一关,就遇到这样的事,我真为那女孩捏一把汗。

第二天的面试考场在业务部。我们被指定在两台电脑上办公。我和大家点头招呼后，坐下整理材料。袁慧进来，热情地向满屋人问好，屋里的两派都没人应声。她明显被孤立了。环境异常，她什么也没说，只是摇摇头笑着打开电脑。随着开机音乐，袁慧发出一声恐惧的尖叫。我忙跑过去看，只见屏幕上有一条可怕的毒蛇，在对着她一伸一缩吐着血红的信子。"这是怎么回事？公司的电脑都这么可怕吗？"她叫道。

没人应声。这种冷场，像软刀子伤人无形。袁慧眼圈红了，泪光闪闪。我什么也不说，三下五除二卸载了那个软件。当我坐回自己位置上时，我感觉到几丝冷冷的眼光瞟了瞟我。我请坐在前面的一位男士把一沓文件传给我，他头也不回，随手一递。我的手还没触到文件，他已松手。文件"哗啦"一声落到地上。我非常生气，但又无可奈何，弯腰去捡。

袁慧不知什么时候冲过来，厉声说："是你松手在先，请把文件捡起来。"这位男士一愣，但自知理亏，一边捡，一边挤出笑："开个玩笑，干吗生这么大的气？"

"玩笑？你懂玩笑？就这把戏，一点也不好玩。"袁慧狠狠地说。

男士递过文件时，反而握了握我的手。

这件事，让我放下种种顾虑，坚持正义。中午吃饭时，我和她坐到一起，表示支持。那个男士也友好地坐过来。

经过一天的努力，下班前的中层领导听证会上，我宣读了根据袁慧创意写的业务企划书。田大姐一帮人听得目瞪口呆。老总笑逐颜开："你们两位大学生，给公司注入了新血液，知识结构和理念更是充满活力。"

我和袁慧走出公司，又有几个人脸上的冰解了冻，跟我们点头告别。

三天后，我们在业务部等候第三轮面试。老总匆匆进来，沉痛地说："东北那边出乱子了，发得好好的调节器，到那边竟成了废品！经济损失我想都不敢想，怎么办吧？"

田大姐马上站起，果断地说："立即追查责任人，再看看是不是运输的

错,咱们的损失就会减到最小化。如果是咱们的错,就该严惩不贷,不管他是谁。"大家都应和着。

老总没吱声,像在等待什么。袁慧让我在电脑上提了一份材料给她,这时才发话:"我刚才查了一下,这批调节器在保定分公司有存货。我的意见是马上从保定调货,在最短时间内,送到客户手中。客户第一,诚信第一,然后才是追究责任。"

"好!"没等袁慧说完,老总就拍案而起,笑着对大家说,"刚才只是一个考题,袁慧获得满分。客户的口碑是我们的生命线,失信一次,多少广告投入都无法挽回。他们永远是第一位的。我代表公司宣布,袁慧通过面试,成为正式员工,也成为业务部新经理。"

我第一个站起来,鼓起掌,由衷地为她高兴。老总走过来握了握我的手,说:"很遗憾,你不能在业务部了。"

我握住他的手:"即使不能在这里,我也认为你是个有魄力的好领导。公司的明天会更好。"我从容地关掉电脑,收拾整齐桌子,向门口走去,打开门,回过头来向大家告别。

老总笑着说:"你听我把话说完。你也以合作精神通过面试,我聘你为签约员工,到内勤部上班。"

大家一齐鼓起掌来,田大姐的脸由红转白。

袁慧走过去,握住她的手:"先感谢我们的入门教官。"田大姐也借势笑起来,悄悄转头擦了把眼睛。

就爱喝两杯

宁　柏

"左,右,左……"

表哥垂着头,左手搂住我脖子,不管我怎么喊节拍,他就是踩不对脚,或老踩在我脚面上。半拖半扶的,才到二楼,两人都出了一身汗。

"加油! 我相信你!"

到了三楼,表哥示意要休息:"你别相信我,现在连我都不相信自己了。"甩甩麻木的臂膀,我说:"你'就爱喝两杯'那网名得改改,再喝,就更胖了。"

"喝两杯多么高兴,搞几码一定发财! 不改!"表哥挥舞着手说。

"好,不改不改!"稍作休整,我扶他开始新一轮艰苦攀登。

休整似乎放松了神经,表哥比刚才更乏力。我只好背他。扶他站好,我蹲下,咬牙,像举重运动员一样,使劲,再使劲,终于站起来。开始几步还行,到四楼我也累趴下了。看一眼望不到头的楼梯,我心中一凛:才四楼哇?

表哥坐在地上,沉头嘿嘿笑。"你还笑,有酒场不叫上我,喝醉了才给我打电话。鉴于服务难度系数过高,我要求从今天开始,按次数收费!"

"钱不是问题,问题是没有钱!"

他钱包里果真一毛不留。被人趁机摸走了?

"谁敢摸我堂堂大经理的钱哦。"

"你额头又没贴'经理'标签,小偷哪知道你是领导?"

"买烟买酒买菜到林总家吃饭给花光啦。"

这我知道,每个老总都有那么几个可以推心置腹甚至私下可以勾肩搭背的手下。表哥这几年职位噌噌往上升,跟入选这几分之一名单有关。

表哥可能从老总家顺手拿了两块甘蔗放进口袋,正嚼着解酒,甘蔗渣却随手扔地上。我说:"乱扔垃圾不好。"表哥有些恼火:"不扔掉难道叫我吃到肚子里去啊?"

我笑:"好好,扔得好。还有什么东西要扔没有?钱包扔不扔?不扔继续上哦。再上你就副总了。使劲,对,副总再上就是总经理。"

"总经理好,上了那位置林总就指挥不动我了。今晚,菜没上他就举杯,桂大毕业的喝,我有份!老婆是桂大的喝,我也有份!进过桂大校门的喝,又有我份!见漂亮的周财务还没端过杯,他又说,听说过桂大的也喝。周财务终于轮上了,当然还有我的份!林总说,小周你不喝酒,那我用酒来碰一下你吧。"

"当老总真好,可以乱讲话。"我说。

没说完,表哥甩开我说:"我去检查一下卫生间的情况。"就冲进了五楼公共卫生间。

吐完,让他靠墙坐一会儿。表哥歪着头问:"怎么五楼的月亮比四楼的亮呢?"

"那是路灯。别说话,休息一会儿就好。"

"休息什么?明早开会呢。上!"

可怎么扶他他都站不起来。只好再坐会儿。

逐渐清醒,表哥的话也逐渐多起来,别以为喝醉了丢脸,女人的脸是用来看的,男人的脸是用来丢的。男人就得看准每一次机会在领导面前表现,走自己的路,让别人哭去吧。

"除了敢丢脸,还得察言观色。我刚到办公室当职员那会儿就犯过傻,一次看见主任从烟酒店往车上搬酒,二话没说就去帮忙。主任没说什么。我以为他被老总批评了,就搬得更起劲。搬完,主任只说一句'小伙子够勤快的'，开车走了。后来，才知道不是夸我，而是批评我。因主任喜欢多开一两件酒的发票，我傻乎乎地在旁边帮忙，他就不方便了。如果他说'小伙子够懂事'，或者'够孝顺'，那才是夸我呢。从那以后，我学会看领导的脸色行动，该帮忙就帮忙，不该帮的时候闪一边去。"

"就说我们老总吧。如果下班前他问，几点了？几个中层就会抢机会，打电话点几个菜。"

"今天他又问，几点了？"

"没。他说，这两天加班，大家辛……辛苦了，晚上七……七点钟，到我家来吃……饭，犒劳一……下各位。大家想吃……点什么，土鸡呢？还是鱿鱼丝和鱼翅呢？……这回我抢到机会，没下班就去准备他说的那些酒菜。"

"你们老总口吃吗？"

"哪儿呀，他今天镶了金牙，故意让大家看见，然后庆祝一番啊。"

"噢，难怪上次我们科长买了块名牌手表，有事没事总叫我问他几点钟了。哈哈。"

"这么晚了，表兄弟还在谈怎么发展庆阳市经济啊？"不知何时，表嫂已披衣下来，"先别谈了，明天我给你们每人充两百块钱话费，你们再好好谈吧。"

"你偷听啊？"表哥问。

"谁有那闲心！那么大声，神舟八号在上面都听见啦。也不怕影响邻居休息。"表嫂说着，向表哥竖起食指，表哥答："一！"表嫂加上中指，表哥答："二！"表嫂说："嗯，还没醉，今晚可以睡床。"

人员交接仪式完毕。他们继续上楼，到转弯处，表哥转过头冲我喊："喜羊羊，我一定会回来的！"还做了"V"手势。

这手势是胜利，还是两杯？

亲爱的表哥呀，都喝成这样了，难道表嫂还会考你超过二的复杂题吗？

走到街尾才醉

宁柏

　　昨晚又醉了，一早起来，发现自己睡在书房里，老陈喃喃自语，正想问老婆，老婆已经适时地出现在门边，用怨恨的眼光看着他。

　　"又用这样的眼神看我，你以为我想喝啊？昨天中午，公司办公室主任小杨打电话给他在某局当科长的朋友，问那项目盖章没有。人家说，盖了一半，另一半晚上再盖。话都说到这份儿上了，能不请人家撮一顿吗？"

　　"起早贪黑地在外边混，你那破公司还不照样是半死不活的！找借口喝酒的吧？"老婆边埋怨边出门去上班，"砰"的一声，把"吧"字和问号关在了门外。

　　自己什么时候醉的呢？醉后没在科长面前说错话吧？说错话对项目的开展就不利了。老陈有点慌，坐在客厅里，来来回回地仔细想，自己到底是什么时候醉的呢？

　　都说酒混着喝容易醉，昨晚先上三瓶红酒，又喝了四瓶白的，后来好像还喝了啤酒？对，小杨和他的朋友毕科长以及毕科长带来的几个朋友刚喝到兴头上，就又叫了两件啤酒。小杨还对毕科长说："放心喝吧，你没醉，等你讲话像北方人那样卷舌才说明你醉了。这我是知道的。"对了，紧接着小杨还接了个电话，把手机捂在腮边小声地说话。毕科长问是谁。小杨回答说是大学女同学。毕科长笑着说："别搞得自己跟大众情人似的。还以为是谁呢,谁不知道你老婆是你的大学同班同学? 不过,现在这社会,还有像你这样跟老婆始终保持甜蜜关系的人,稀罕啊。"小杨反问:"你的意思是你在外边彩旗飘飘了? 行啊,真看不出你儒雅的外表下面,包含着一颗闷骚的心。"毕科长连忙暗示他打住,还偷偷瞄了一眼旁边坐着的那位美女。

后来,好像自己在他们的鼓动下,又继续喝了不少酒。毕科长喝了点酒以后,没了在单位里的严肃和正经,和小杨搂肩抱头地划拳、说笑。毕科长说:"人说男人下面的家伙长与短,看手指长短就知道。"说着就要去抓小杨的手来比比。小杨一脸坏笑地说:"别比了,毕科长这不是自取其辱吗?"毕科长满脸狐疑。小杨说,其实我们的祖先早就比出结果了,要不怎么会有"扬(杨)长避(毕)短"这个成语呢? 气得毕科长不知道说什么好。

老陈依稀记得自己在小房间里坐过。对,他忍受不了包厢里的乌烟瘴气,自己走到吸烟区去休息。不一会儿,小杨也跟了进来,问老陈要不要来一杯白糖水,他说不要。小杨又说:"那我去给您买些保济丸吧,不然等会儿喝高忘了买,明天您该拉肚子了,就去那个什么县长春药店买,挺近的。"他点头,忽一想又叫住他:"回来,我得给你纠正一下,是庆安县——长春药店,不是庆安——县长春药店,中间停顿一下,知道了吗?"小杨打了个酒嗝说:"知道了,中间停顿一下。"看着小杨远去的背影,他觉得这孩子还真不错,酒量好,又活泼懂事,善于搞活酒席的气氛。比如,他发明的广告词:香山米酒,醉也不上喉;喝林泉啤酒,交天下损友;农夫山羊,味道有点咸;敬酒虽好,可不要贪杯哦……大家明知道是山寨版的,却都捧腹大笑。去部门办事,有了小杨在身边油嘴滑舌地帮忙,总会顺利一些。比如这个项目,小杨硬是死皮赖脸地缠着毕科长,给他送了两条高档烟、两瓶茅台,还成功地邀请毕科长出来吃饭。换成其他人,不一定能请得动爱摆架子的毕科长呢。

在毕科长的鼓动下,老陈又进包厢里喝了不少酒。也不知过了多久,好像有人扶他下楼,难道是那时候醉了? 想了想,又否定了这想法。因为走出饭店大门后,他好像发过一次火,沿街道走着走着,毕科长带来的一个年轻女同事被一个男孩拦住了,那男的严肃地说:"打劫! 你手里的樱桃留下,人

走开!"女孩很委屈地说:"求求你劫色吧,千万不要劫我的樱桃。"老陈心里很火,现在的女孩怎么啦,樱桃值几个钱啊?但小杨扯了扯他的衣角,叫他别多管闲事,人家是熟人呢。他说:"小杨你的普通话也不行啊,应该是人渣,不是人家,我得替人渣的父母教育一下他们的孩子。"小杨干脆用手臂夹住他的手臂,硬是拉着往前走。走了几步,回头一看,那两人果然嘻嘻哈哈地闹在一起了。他对那两个年轻人印象还是很深的,说明那时他肯定还没醉。

既然还记得走在街上的那么多事情,那自己肯定是回到家才醉的。想到这里,他才稍稍放下心来。这时候,手机响了,是小杨打来的,他忙问章盖得怎么样了。小杨说,毕科长已经答应盖章。他说好好。停了一会儿,他终于问出口:"昨晚是你送我回家的吗?我什么时候醉的啊?"

小杨在那头嘿嘿笑了,说:"当然是我送你了,你是我领导嘛。你在饭店的时候一直都是清醒的;从酒店出来,走在街上的时候,你也是清醒的。就是送客人走到街尾的时候,毕科长在上车前说了一句批评我的话,说我办事还不够玲珑,请人吃饭也不知道先帮客人订好车位,他说他是领导,总不能来太早吧?这不,来迟了,没有车位只能排队把车停在了街尾,喝了那么多,还得走好长的一段街道,累得够呛!你听了这话之后,突然抱住旁边的一棵大树在那里狂吐不止……"

江　湖

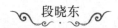

段晓东

老李是个正直的人。

老李是个有血性的人。

老李是个敢作敢为的人。

单位里的人这么说,认识老李的人也都这么说。对于老李,大家是又佩服又尊敬。虽然老李在单位里不算什么领导,可是大家对老李的敬意却超过了那些无关痛痒的领导。甚至有人就说,单位里领导可以没有,但老李不能没有。老李的威信来源于他的正直,来源于他的血性,来源于他的敢作敢为。

老李就是一杆秤。

前任领导特抠门儿。单位里有几个遗属,补助一直没有涨。国家标准早就提高了,领导的腰围也日渐粗壮了,就是这几个遗属补助的数字不见长。遗属们气不过,隔三岔五地来单位闹腾。可闹腾归闹腾,领导就是不点头。几个寡妇终究闹不出个情由,也不敢闹出情由,毕竟这钱最终还是从领导手里领取。最后还是老李看不过,闯进领导办公室,直截了当地对领导说:"怎么能克扣孤儿寡母的钱呢? 一个单位再穷,也不能从他们身上剥削,听起来都让人寒心。你吃喝的时候,想想他们,能吃得下,还是能喝得下?"弄得领导很尴尬,只好捏着鼻子按政策发放。

　　刘某不学无术，没文凭没水平，只有酒瓶。可刘某跟领导沾亲，还不是一般的亲戚关系，是领导的小舅子。领导想提拔刘某，又知道刘某不行，深恐几个副手反对。领导便在上会讨论之前，私下里和副手们各个见面，挨个儿地做足了思想工作，决定在会上走走过场，然后宣布一下任命文件，刘某就可走马上任。领导的安排本来是天衣无缝，却不料临了在开会的时候杀出了个程咬金。这程咬金不是别人，正是老李。其实这事情也是别人气不过，自己却又不敢，知道老李是个炮仗，便通知了老李。果不其然，老李听后火冒三丈，拔脚就去了领导办公室。

　　老李说："提拔干部一不能任人唯亲，二不能违反程序，三不能暗箱操作，你为什么不搞民主测评？"

　　一屋子人面面相觑，口不能言。

　　最终，直到领导任期届满，刘某也没能提拔起来。

　　新任领导很有办法，有办法的领导都会搞钱。领导每天跑上跑下，迎来送往，单位日子一日好过一日。水涨船高，职工的福利自然有了保障，大家见了面也都乐呵呵的，对领导也尊敬多了，无不夸领导决策英明，调度有方。大家都说，没见过这么好的领导，隔三岔五地发福利。领导就是有办法，把职工们的小日子侍弄得滋滋润润的。

　　可是这一天，问题出来了。就是这么好的领导，也有不理解他的人。谁不理解呢？老李。

　　这天，老李走进了领导办公室。老李问领导："你哪来那么多钱给职工发福利？你哪来那么多钱买新车？你哪来那么多钱装修办公楼？你哪来那么多钱……"

　　领导没回答，领导没见过这种人，领导不解。领导看老李的眼神怪怪的，好像在看一个稀罕玩意儿。

　　不解的领导就拿起电话，喊办公室主任过来。办公室主任过来后，老李说："他不回答，我就不走。"办公室主任就出去了。办公室主任再回来的时候，身后跟了一群人。这群人不打招呼，就把老李架了出去，扔到了楼下。

告诉他再胡闹,有他的好看。

　　老李仔细看了看这群人,他们都是平日对他特别尊敬的同事。可是,眼前这群人却似乎都不认识他。老李发现他们的眼神都怪怪的,像看一个稀罕玩意儿一样盯着他。

花非花

韦　名

　　一个萝卜一个坑,学校本身人就少,局里还要来抽调一个人去帮忙一年。校长头痛了半天,喊来人事科长一起想办法。

　　张三不行,李四有任务,王五带毕业班……符合条件的人选都过了一遍,校长和人事科长发愁了。

　　"随便派一个去凑数吧!"确实派不出好人选了,校长拍板,"就在新来的大学生里找一个!"

　　"教化学的小张吧!"人事科长提议,"别看来的时间不长,文凭也不硬,可架子不小,脾气挺冲,还自认为是个人才。"

　　就是这个"人才",差点惹出祸来:刚来没多久,他就嚷着学校化学实验室开放时间短,药品少,很多实验没办法做。提了几次未见改进,索性弄了一些化学药品在宿舍里做实验。那年冬天,他在宿舍做实验时,药瓶倒了,引起了火灾……幸好,损失不大,只烧了他自己的衣被。

　　事后,学校要处分他,他坚决不肯认错:"实验室能做,用得着在宿舍吗?"

　　"脾气犟,认死理!"校长感叹!

　　人事科长突然想起一件怪事:今年情人节那天,下大雨,很多玫瑰花烂在乡下送不进城,玫瑰花卖得奇贵。

"你说青年男女，玫瑰花再贵，也就一年一回，狠狠心买了就是。可我们这位小张，却不，一问玫瑰花一枝卖到十五元，头也不回地走了。他一个人撑着雨伞，到菜市场买了两块钱一把的菜花……"

"女朋友早早来了宿舍，玫瑰花没收着，却收到了一把菜花……"

"迂腐，不解风情！"校长听完苦笑。

"听说他女朋友接过菜花，眼泪都出来了……"人事科长补充。

第二天，小张被通知到校长办公室。

"经过研究，学校决定派你到县教育局帮忙工作一年。"校长正襟危坐，"这是组织对你的信任，希望你珍惜这个机会，到教育局后好好工作！"

小张到局里工作三个月才回了一趟学校。

"乐不思蜀啊！看来那边环境不错。"人事科长热嘲冷讽，"敢情是局里人了，把局里当家了！"

"……"小张无言。

小张去见校长，校长正在忙，紧张地问："没事吧?!"

"没……没事。"

"没事就好！"校长心里一块石头落了地，"好好干，不要丢学校的脸！"

局里工作忙。一忙，小张回学校的次数就少，感觉被人遗忘了。

大半年相安无事。校长和人事科长的确忘了小张。

那天，局人事科长打电话说要来学校一趟。

"不会出什么事吧?!"校长紧张地问人事科长。

人事科长也一脸茫然。

"都怪你，当初怎么就把这么一个活宝派过去帮忙呢?!"校长责怪人事科长。

原来，教育局人事科长是来调查了解小张情况的。

"阿弥陀佛！"校长松了一口气。

听话听音，小张到教育局表现还不错，人家来了解情况后是想调他了。

"要是学校里有人调到教育局……"校长和人事科长相视一笑。

"小张这个人一是认真负责,二是聪明能干,三是虚心好学,是个人才啊!"人事科长说。

为了说明小张是个难得的人才,人事科长专门举了小张在宿舍做实验的事例。"这么好的一个人才要离开学校了!"人事科长心有不甘地说,"要不是调到局里,说什么我们也不放啊!"

"小张有思想,不断追求进步;有个性,不愿随波逐流;有冲劲,不畏困难。"校长高度概括。

为了证明小张有思想有个性,校长举了小张情人节买菜花送女朋友的事。

"听说他女朋友当天感动得泪流满面,逢人就说,这么会过日子的个性男人去哪找?"

笑。两个人事科长和校长笑成一团。

小张如愿以偿调到教育局。

"我早说过,你有水平有能力,是个人才!"临走时,人事科长拍拍小张的肩膀说,"金子到哪儿都会发光!"

"当初,教育局来借人,我说,要么不派,要派就选派最优秀的……"校长说,"事实证明,我们没选错人!"

小张一律应着"谢谢",急急忙忙走了——这天又是情人节,小张想着是再买把菜花呢,还是买一束玫瑰花和女朋友庆祝一下?

职场女人惠

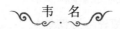

韦·名

惠柔柔弱弱的。柔弱的惠刚来这座城市工作时，单身一人。

这是一个新兴城市，百废待兴，什么都在建设中。因陋就简，惠住进了单位临时租的民房。

城里的民房，没规划，你一栋我一栋，紧紧挨在一起，人们亲切地称之为"握手楼"。惠住的房与单位领导的房虽然不在同一栋楼，但几乎贴在一起，有两个窗户还对着开。

领导是个严肃谨慎的中年男人，一家三口，小孩还小，老婆是个母夜叉。

一天，惠在房间换衣服时，凭着女人的直觉，感到有一双眼睛在盯着她的窗户。

惠换好衣服后，悄悄地揭开窗帘一小角，吓了一跳：一副大大的黑框眼镜贴着另一栋楼的窗口，正一动不动地盯着惠的窗口，阳光照着眼镜片，晃出一道亮光。

不用说，惠也知道那是谁。

惠一句没吭，往后再在房间换衣服、睡觉，总要仔仔细细地拉好窗帘。

一个周日的上午，惠懒洋洋起床，一阵风把窗帘吹开一条缝，惠发现那副大大的黑框眼镜又贴在隔壁楼的窗口上……

惠打了个冷战。惠还是一句没吭。周一上班给领导汇报工作时，惠看

了领导鼻梁上那副大大的黑框眼镜,说了一句:"领导的眼镜框好大!"

领导愣了一下,惠一溜烟出了领导的办公室。

那副大大的黑框眼镜好长时间没在惠对面窗口出现。

平静了一段时间后,那副大大的黑框眼镜又不时在对面窗口出现。

那副大大的黑框眼镜让柔弱的惠颤抖。

一天周末起床后,那副大大的黑框眼镜又贴在了对面窗口上。

惠穿戴齐整后出门,径直朝隔壁楼走去。

惠敲开了领导家的门,领导一脸愕然。

"领导早上好,嫂夫人不在?"

"买菜去了,马上回来。没事吧?"领导声音发颤。

"没什么事。我昨天睡觉时换了件内衣,今早起来没找到,领导有没有看到我扔在哪里了?"惠说得一脸天真无邪,就像小学生和家长说文具盒找不到了。

"……"领导涨红了脸。

"领导没看到就算了,我回去再找找吧!"惠一脸平静地说完走了。

那副大大的黑框眼镜从此再也没在惠对面窗口出现过。

多年媳妇熬成婆。惠慢慢熬成了这家服装公司的副手。

一把手是强势人物,唯我独尊,呼风就得雨,根本没把柔弱的惠放在眼里。

惠成了单位的花瓶领导。

一次单位聚餐,惠有事迟到。惠进去时,酒席正酣。惠给一把手敬酒,一把手要惠自罚三杯。

"迟到,该罚!"惠二话没说,连喝三杯。

再敬一把手。一把手把小酒杯换成了大玻璃杯。"要敬我,就得用大杯!"

"领导,我不胜酒力!"惠推托。

"别人不知道你的斤两,我还不知道?"一把手端起酒先喝,喝完后借着酒意色眯眯地看着惠:"你还没长毛呢!"

一语惊人,酒席上顿时鸦雀无声。众人都用异样的眼光看着一把手和惠。

惠脸红了一下,马上镇定下来,说:"领导喝多了!"

柔弱的惠不仅没被一把手征服,最终还把一把手挤走了。

一把手被挤走后,上面来人例行审计,审出点小问题,纪委介入调查。

惠把纪委人员请到会议室,一改以往的平静柔弱,大骂纪委人员,冤枉好人,诉说原一把手如何清正廉洁!

以德报怨! 单位的人听后无不动容!

纪委的人却被激怒了,把一场原本只是走过场的小事变成了大案、要案来严阵以待。

原一把手的问题越来越多,越来越严重,最后被判了十年有期徒刑。

监狱里的原一把手见人探望就骂"还没长毛"的惠借刀杀人。

话传到惠的耳朵,惠不气不怒,一脸平静。

惠最终创办了自己的服装王国,这是后话。

创办了自己的服装王国的惠依旧柔柔弱弱的。

始料未及

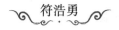

符浩勇

梁生当初将县领导的电话号码输进自己手机时，想到的只是为了不错过某种难得的机遇，甚至对机遇还充满了愉悦的期待，压根儿就没想过这些电话号码会带来什么烦恼的事。

梁生在县建设局当办公室副主任。主任半年前提任了单位副职领导，有很多人都盯着这空缺的位置。办公室主任这角色虽不是单位领导成员，很多时候却比副职领导还有实权。半年来，他主持工作，总是不辞辛劳，忙得不亦乐乎，每天光接打电话就要换两块电池。后来，为了避免疲于忙碌，他把必须接的、可接可不接的、完全可以不接的电话号码分类存进手机。手机响了，见是可以不接的电话，干脆就任它叫唤去。特别是来电是陌生的号码，就不再搭理它。

可有一天他去开会，入场时，有人拍他左肩，他回头一看，竟是组织部的蒙副部长。部长说，梁主任，大忙人啊，连我的电话都没空接？他心一跳，赶紧说，都是瞎忙，部长才忙呢！部长打过我电话？我不知道！部长笑道："打你办公室你不在，打你手机你不接，我就知道你太忙了。或者说你手机没存我的号码，我与你也没关系嘛。我本想请你关照下朋友，不过现在不用了，他前两天调走了。"从那时起，他才懊恼，陌生号码来电一概不接是个大错误。他托人找来县领导的电话号码，全部输进手机。这就不会错过任何机会,只是很长时间,他并没有等到一个领导打他的手机,反而竟遭遇上烦恼事。

他去参加同学聚会。闲聊时,有个同学借用他的手机,无意翻看电话簿,就脱口说:"好哇,你好厉害,连大老板的手机号你都有?"接着就将手机里储存的名单念了起来,全是有头有脸的县领导啊,惊得一帮同学一个个朝着他瞪眼,说:"真是深藏不露,这深刻的背景,从来都不吭一声。"他怕解释不清,只好不置可否。

他没有想到的是,第二天就有一个同学找到他家来了,提了厚重的礼物,请他帮忙联系分管国土的副县长。同学正在筹划征用一块不大不小的土地,国土局那头已经攻下关,但没有分管县长的签字,就绕不过那个弯。现在就看梁生的力度了。

这时候,他才知道自己手机里的县领导号码引来麻烦了。他只好说:"我其实并不认识那副县长。"同学说:"你手机里有他的电话,怎么会不认识?"他又说:"那只是以备县领导打来电话好应对。"同学听后,哈了一声,说:"你还没当官,就要滑头,这些年,我可是没找过你帮忙!这头一回求你就这样对付老同学?"可他自己无论如何都不会去找那副县长,便拉下脸说:"反正这事我帮不了。"同学一甩脸走了,礼物留下了。他一横下心就把手机里的县领导号码删掉了。

然而,电话号码删掉了,不等于烦恼的事情就解决了。

过了两天,那同学又来了,换了招式,往他办公室的沙发上一坐,说:"你不帮忙,我就不走了。"他说:"你坐在这里不妥。"同学说:"怎样不妥?你就当我是搁在沙发上的物件。"纵然如此,他还是不能打这个电话,他实在跟那位副县长没有任何交往。半天下来,他被缠得吃不消了,跟同学说他上洗手间,就溜出去。他溜出去好一刻没能理出个头绪来,只得再硬着头皮回办公室。哪曾想到,同学说:"刚才我拿你的手机打给副县长了,副县长叫我等通知。"他急得跳了起来,说:"你跟副县长怎么说的?"同学说:"我说,我是建设局梁生,有个亲戚,有重要工作想当面向您汇报。县长就说了,他让秘书安

排,尽快答复。"话音未落,他的手机响了,竟然是副县长秘书打的,说:"明天下午四点,副县长约你。"他却很无奈,还说了声谢谢。

下班刚进门,他的手机又响了,是那同学打来的。他气疯了,说:"喊个魂。"还想再冲他吼,那同学却抢先道:"明天不用麻烦你了,但不等于永远不麻烦。"又告诉他:"刚接到可靠内情,全省征地暂停,副县长也没权,都收到省里了。"他愣了半天,竟笑了起来,说:"这算什么事,副县长已安排了,难道要我说不去了?"那同学笑道:"那你另外找个事去吧。"梁生真的生气了,说:"你以后别再来找我。"那同学仍然笑,说:"那可不行,以后还要靠你的。"

同学挂了电话,他翻看手机,搜到副县长秘书的号码,就拨过去。那边接得快,秘书记性真好,说:"是梁主任吧,我正想通知你,明天下午约见取消了,副县长要赴省里开会。"他如释重负,支吾了一下,才说:"有时间的话——"电话里秘书立刻有习惯性反应,说:"不用客气。"他知道秘书误认为要给他送礼,又听到秘书说:"你的事,我一定会办的。"

他无语,心情骤然沉重起来。

狙击手

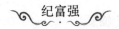

纪富强

老崔曾是特种兵，转业进公安局前当过狙击手。

因此，老崔枪打得特别准。

准到什么程度？报纸上有过报道：一百米到五百米卧姿射击，弹无虚发；二百米运动射，十五发子弹，三次换弹匣，立跪卧三种姿势，只需要五十秒；枪榴弹，二百米距离，误差不超过三米；八百米内任何目标，目测距离误差不超过二十米。

数字可能有点枯燥。这么说吧，一台饮水机放在五百米外普通人根本看不清，可老崔能把五百米外的一个苹果一枪打得粉碎。

老崔是怎么当上狙击手的？

据说，那过程相当神奇。一开始，老崔当的是侦察兵，各项技能出类拔萃。眼看退伍时，上级下来选人。经过一番残酷比拼，老崔光荣入选。

等到了特种兵大队老崔却发现，选拔才刚刚开始。

全副武装跑五公里、十公里越野；夜间万米长河泅渡；野外无人区生存演练；疑难复杂敌情处置。一项项比下来，老崔硬是挺到了最后。眼睁睁看着几十条壮汉被逐个退回了原部队。

可选拔还没有结束。

接下来，是没完没了的高强度射击训练。先后与国内三十余种特种枪

械及国外十余种狙击步枪耳鬓厮磨,直熟练到盲拆盲卸盲装盲打的境界。

　　然后是训练立跪卧走跑跳等所有射姿,高处隐蔽低处潜伏等各类情境。打过十多万发子弹后,全团只剩下他和老孙两人,而老崔已然接近崩溃的边缘。

　　要当一名狙击手,就必须突破极限!

　　老崔和老孙,一路比拼,轮番排头,难分难解。到底谁才是最优秀的?当然还得继续选拔。最终,教官给出了题目:距离五百米,射击一个透明玻璃杯。每人一发子弹,一枪定输赢!

　　两人摩拳擦掌,跃跃欲试,谁都不想在这最后关头认输。

　　可出人意料的是,教官让他们先休息,何时比试等命令。

　　两人暗中叫苦,从此时时竖着俩雷达似的耳朵,甚至睡觉也不敢合眼,随时准备跳起来冲出去。

　　最后的比试,也最残酷。这点他们比谁都清楚。

　　可命令没有他们想象的紧急。五天后,就在他们自我折磨得筋疲力尽时,命令随着一阵响雷来了。

　　那个午后,狂风肆虐,暴雨倾盆。

　　老崔和老孙蛰伏在训练场上,不一会儿就被淋成了两条泥鳅。

　　这种鬼天气也能射击? 透过瞄准镜看去,五百米外根本就看不见目标。

　　可比赛已经开始!

　　风声、雨声、雷声,老崔和老孙充耳不闻。戴着薄薄的耳麦,他们耳朵里似乎只有彼此微弱的呼吸。一个小时,两个小时,三个小时……他们都太了解对方,若在平时,五百米的距离,别说是玻璃杯,就算是子弹壳,也是小菜一碟。可在狂风暴雨中,偏差无法估量。

　　老崔越等身体越是发僵,稳定性也大幅下降,心里更是没底:先开枪,若是不中,对手就可以等风停雨息再悠然一枪,轻松取胜。但若开枪慢了,对手先发命中,自己便毫无机会。

　　打,还是不打? 是抢先搏一把,还是等待命运眷顾?

他们都太想取胜。对一名步兵而言，狙击手，是最危险的职业，却也是最崇高的荣誉。

而眼下，才是最可怕的较量！

雨势丝毫未减。老崔心一横，轻眨一下眼睛，手指预压扳机，感觉就像提着气往针眼里插一根头发丝。

就在一大颗雨滴即将从眼帘上滑落的一刹那……

"砰！"

枪响了。

老崔兴奋地躺进泥地里向天振臂，而老孙的子弹没能打出去。显然，他们都从耳麦里听到了玻璃破碎的声音。

老崔爬起来，一把拉起老孙，彼此拥抱。残酷的比赛，终于在分秒之间决出了胜负。

教官也走过来，先是和老崔紧紧握手，没说什么。然后是和老孙握手，却说出一句石破天惊的话来："恭喜，你赢了！"

老崔和老孙，当场愣住了。这怎么可能？子弹烂在枪管里的人竟然打赢了击中目标的人？

教官无视两人的惊诧，兀自向前走去。老崔和老孙一肚子疑问紧跟其后，等到了目的地才恍然大悟。

五百米外，竟然连一块碎玻璃碴都没有。目标根本不存在！

暴雨中，教官依次盯着两人的眼睛，一字一句说道："我们选拔的是狙击手，不是刽子手！"

两人如梦初醒。老崔正无地自容，教官却拍拍他肩膀说道："能走到今天，你也是名优秀的狙击手。耳麦里的模拟声，不是欺骗，而是为了不摧毁你今后出发时的自信！"

就这样，老崔开始了他的狙击手生涯。不过，他是第二狙击手，也叫狙击副手。

他输得心甘情愿。

老亓同志

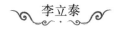

李立泰

单位快提拔人了。一说考察组来,老亓就紧张。

老亓是单位老人儿。孩子多,家属下岗,和同事沟通少。老亓工作没说的。分内工作独立完成,有工作能力,有成绩。但同事们给组织填票,不光看你工作。推荐票是基础,不容马虎。他耗在那个级别十年了,其间有三次提拔机会,是看着同志提拔,自己窝囊。原因?不好说。说了会影响团结,容易和同志们产生矛盾。现在不是构建和谐社会、和谐单位吗?

还是做自我批评,找自身原因,问题好解决。怨天尤人,发牢骚不办事。

老亓在外边注意了,但回到家里,跟老婆还是要说道说道,冲老婆撒气儿。

咱没人儿。朝里有人好做官。你不会找人啊?找谁啊?谁管事找谁啊!人家不认识咱硬找吗?连门儿也进不去。你不是开会听他讲话吗?认识他吗?可人家不认识咱。

现如今有钱能使鬼推磨。咱没有,就是有那点牙碜上刮得压不起定盘星儿来。物价"噌噌"地提拔。据说有价了没多少多少的别探爪。

还有一样就是扎小辫的。老亓的媳妇说:"那还不好办啊,你把头发留长点,我给你扎个小辫呀?!""废话!是女的。特别是漂亮年轻有文化的。"他媳妇不言语了。他又说:"你要漂亮也好啊,替老子攻攻关。"

他们分析来分析去，自己一样优势也没有。那就别想提啦。可老亓上进心很强。一心想当当小官儿。

老亓在小饭店里，请老乡喝了几杯。老乡是机关通。那天边喝边聊，谈得很深刻，老亓只恨见面太少了，感触颇深。

老乡说："在机关，你如果觉得自己有能力，工作出色有水平，那么领导就会提拔重用你，那你就太无知了，或者你太不成熟了。"老亓瞪着眼认真地听。"想想哪个文件上写着干得好就提拔你？用人问题是大学问。你工作干得好不一定适合当领导，人家工作干不好，但人家就是适合当领导。这就是学问。你不理解，说明你笨蛋。哈哈哈……领导如表扬你是人才，你千万别当真。你当了真前途也不会似锦，你一定会失望的。不信你到农村走一走，看那些拉套累得死去活来的牛马，不但没得好处，还挨骂挨打。看到这些你就会变得大度些。干得好点人家就提拔你，这太容易了，天上会掉馅饼吗？"

老亓想："这咋跟透视机看我心似的。"老乡又说："单位上领导整天说重用人才，重视人才。什么是人才？人才标准是什么？你知道吗？标准是领导的嘴。说你行你就有才，说你不行，你就没才。"老亓不愿意回忆这些乱七八糟的事儿了。想个捷径吧。

他冥思苦想，绞尽脑汁，终于生出一条妙计。唉！妙不可言。

老亓为实施计划，十几天少吃饭，这两天没吃饭。浑身没劲。脸发黄。头发没光泽。他病恹恹地进了领导的办公室，手扶着门框，蹲下了身子。

"老亓，你这是怎么啦？"

"领导啊，我病了。不轻，没多长时间了。"

"那赶快看啊！咱单位去找好大夫。"

"没用了。"

"那不能等着啊！"

"我想吃点什么就吃，想喝点什么就喝。"

"你有什么事吗？单位给你办办。"

"还真有点事。领导,你看我在咱单位干了十几年啦,没功劳也有苦劳吧? 没苦劳也有疲劳吧?"

"那是,那是。老亓你干得是不错的! 同志们有口皆碑。"

老亓想,还夸我哩,那咋不提拔我。唉,说好,总比说孬强吧。

"我想请领导提拔提拔行吗? 没职务的也行。"

"好,好,我会考虑的。你抓紧治疗,啊! 缺钱打报告,啊!"

…………

时间不长,通知来了。老亓提拔。是非领导职务。

老亓非常高兴。甭管怎样级别算是上去了,提拔了。一辈子没白干。对家庭、子女也有个说法。

单位同志们见了老亓也另眼相看了。老亓心情好起来。饮食增加,身体发福。满面红光,印堂发亮。头发乌黑,身板硬朗。这哪是垂危的病人啊?! 整个一个人走时气马走膘、人逢喜事精神爽的典型。

这一晃就是两年。老亓仍工作积极、服从领导、团结同志、勤勤恳恳、兢兢业业、任劳任怨、吃苦在前、享乐在后,年年当先进。

老亓累病了或是身体某个地方发生病变了。

领导和同志们来看望老亓。

老亓的脸色蜡黄,眼掉坑儿了。瘦了几十斤。才住院几天啊。

领导、同志们心情都很沉重。咋好好的一个人说病就病了呢?

同志们看了老亓就出去了,病房只剩领导和老亓二人。

"老亓啊,要坚强起来,和病魔做斗争。医院诊断对了吗? 别跟上回一样,虚惊一场。"

"这回真病了。"

"是吗? 用钱不?"

"不用,有。"

"有啥事,就张嘴。"

老亓想,提吧,过这村就没这个店儿了。

"我想,您想办法给我转成领导职务行吗?"

"老亓啊,看病要紧,等好了再说。"

"我还好得了吗? 您看这么重。"

"那就没必要了。别胡思乱想,啊,要好好养病,配合治疗,我盼望奇迹再次出现。"

…………

给领导安排工作

孙道荣

毕业二十年了,大家想聚聚,时间就选在毕业纪念日那天,星期三。其他人都没什么问题,我们只担心当年的班长,现在的赵秘书来不了。赵秘书是邻市某领导的秘书,副处级。秘书工作,身不由己,我们以为他脱不开身。没想到,听了大家的安排后,赵秘书竟然丝毫没有犹豫,一口答应准时出席。

聚会那天,赵秘书果然没有食言,不但来了,而且是提前一天赶到,很多会务工作,还是他帮忙张罗的。

聚会在推杯换盏中渐入高潮。有人端起一杯酒,敬赵秘书,并问了一个大家都想知道的问题:"做领导的秘书,往往是围着领导转,今天是周三,应该是最忙的时刻,老同学你怎么会有时间光临聚会,难道是领导特意放你假了?"

赵秘书一听,乐了:"放什么假?我来参加聚会,也是工作的一部分。"大家面面相觑。赵秘书呷了一口酒,摆摆手,示意敬酒的同学也坐下。赵秘书说:"其实,今天不光我来了,我们市领导也来了,只是他的工作,我另有安排就是了。"

"市领导的工作,由你来安排?"大家惊讶地支起耳朵,听赵秘书娓娓道来。当着众老同学的面,赵秘书也不遮掩。他说:"得知聚会安排后,我就在思考怎么才能有时间过来。正好,你们市有个牛老板,新开了个娱乐城,听说很火。这个牛老板，在我们市也有不少投资，很多项目正是我们领导分管的。牛老板一直想请我们市领导过来指导指导工作，说是指导工作，其实是想和领导培养培养感情。但是，你想想，市领导那么忙，哪有时间顾得上他啊。我一拍大腿，这不有了？我就在领导的行程表上注明，本周二至周四，连续三天，到邻市考察重点建设项目。然后，我给牛老板打了个电话，告诉他市领导终于在百忙之中抽出宝贵时间到他的娱乐城实地考察几天，让他提前认真做好接待工作。"

有人问："你让领导来，领导就来吗？"

赵秘书哈哈大笑起来，酒精使他的脸看起来特别红润饱满。他说："那只是细节问题。我向领导汇报，这个考察工作，三个月前就安排好了。我还会郑重地告诉他，他已经连续工作一个多月了，必须好好休息休息，放松放松。同时，为了让领导彻底放松，我还安排了他最喜欢的机要室的小黄，一起陪同来考察。这样，到了贵地后，剩下来的工作，就是牛老板他们的了。而我，正好脱身，来参加聚会。"

"你不用陪领导吗？"有个同学不无担心地问。赵秘书大手一挥："你真笨啊，领导放松的时候，还需要陪吗？"

不断地有人敬赵秘书酒，将聚会一次次推向高潮。赵秘书的舌头，开始不利索了，但这并不影响他说话。他端起酒杯对大家说："大家都以为做秘书的，只晓得为领导跑跑腿，端端茶杯，写写材料，你们错了。一个优秀的秘书，要懂得为领导安排好工作。只有将领导的工作安排好了，我们才能有自己的时间，办自己的事情。"

赵秘书兴致勃勃地举了两个小例子。一次，赵秘书的一个小表妹找到他，非得让他亲自陪着去某景区游玩。那几天，工作扎堆，围着领导忙得团团转，压根走不开。奈何小表妹死活缠着他，没办法，赵秘书只得想办法先给领导安排好工作。那几天会议特别多，赵秘书为领导选择参加了其中的一个会议。这个会议在湖心岛举行，会期一天，会议期间所有的船停开，直到散会。就这样，赵秘书将领导安排去开会，然后，自己陪小表妹开开心心

地游玩了一天。

还有一次，几个老板约赵秘书打牌，三缺一。老板和赵秘书打牌，娱乐是其次，重要的是赵秘书每次都能满载而归。这天是工作日，怎么办？赵秘书翻开了领导的日程记录，那天的日子似乎特别好，很多单位开张，想请领导剪彩。赵秘书发现其中一家集团公司开业，下属的十八家企业也同日开张。这个所谓的集团企业，投资来历不明，有着不光彩的过去，本来赵秘书根本没将它放在眼里，但此刻，他的眼前一亮，就是它了。赵秘书立即给那家公司的老总打电话，告诉他，领导将参加他们集团及下属所有十八家企业的开张典礼，并亲自一一剪彩。可把那家集团公司的老总乐开了花。领导马不停蹄地剪了一个下午的彩，赵秘书则乐呵呵地和一帮老板搓了八圈麻将，照例大获全胜。

"这不可能吧？太荒唐，太荒诞了！"听了赵秘书的话，大家都连连摇头，"这怎么可能？"赵秘书踉踉跄跄地站起来，硬着舌头，断断续续地说："不相信？我告诉你们，有的领导，就是这么工作的。他们的工作，就是我们这么安排的。信不信由你，反正，我就是这么为领导安排的。"

忽　视

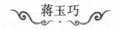

蒋玉巧

　　你身高一米六七,身材苗条婀娜,随便往哪里一站,一道亮丽的风景瞬间便成,你从来就是目光追随的焦点。

　　可是你做梦也没有想到,有一天竟然有人视你为空气,你很气愤。

　　那天领导突然召开会议,说单位争取到几个到外地学习的名额。你听说后开心极了,立马把身子挺直,高仰着那张粉脸,一双能电倒男人的双眼流光溢彩。你想,无论相貌还是学历,你都鹤立鸡群。领导派你出去学习,绝对是最明智的选择,外表美丽兼内秀的你,肯定能给公司的脸上添金,说不定还会引来大批签约者。

　　你以为领导嘴里叫出的第一个名字肯定是你,事出意料,你有点吃惊。不过你不失望,你告诉自己耐心一点,第二个名字绝对非你莫属。可是……可是,你有点失落,不过你很快控制住情绪,不是有几个名额吗?再等等。第三个名字还不是你,你有点着急,心想,是不是领导大意把你漏掉了?你忙把身子挺了又挺,双眼直视着领导,意在提醒。直到名单公布完毕,"李小梅"三个字始终没有从领导的嘴里蹦出,你那挺直的身子瞬间软成一摊泥,一种被忽视的耻辱感油然而生。

　　你这样被忽视平生还是头一回,你很迷茫。你虽不是硕士,却也是高校的高才生,文凭是响当当的。难道……你一激灵,手下意识地伸向自己的

脸,脸依然年轻,光洁如玉。你又不自觉地低头审视自己的身材,身材不是魔鬼却胜似魔鬼,魅力依然不减当年。这么优秀的你怎么可能被忽视呢?你百思不得其解。

你置身于浓雾之中,深一脚浅一脚摸到了家,阴着一张脸,把自己狠狠地扔到沙发上。

老公大吃一惊,忙问:"出了什么事情?"

你眼泪汪汪,半天说不出一句话。老公心疼地搂着你,一个劲地问:"怎么了,到底怎么了?是不是谁欺负你了?"

你哽咽着断断续续说了事情的经过,然后睁着泪眼,楚楚可怜地看着老公。

没料想,老公沉吟了片刻,然后一脸平静地跟你说:"老婆呀,这种忽视早在我的意料之中,只是迟早的问题……"

你疑心自己的耳朵出了问题,挣脱老公的怀抱,反过身不相信似的盯着他。

老公笑笑,又伸过双手搂住你,柔情地说:"老婆呀,你再这样下去,就不是忽视这么简单了,也许淘汰正敞开大门等着你呢!"

你气极,猛地转过身,颤抖着声音:"你……你……你竟然说风凉话!"

老公并不生气,轻言细语地说:"老婆呀,我只是说出内心感受而已。事已至此,你也不必难过了,回过头来好好反省……"

你气冲冲地打断老公的话:"反省?我要反省什么?今天这事明摆着就是我没有取悦领导,领导故意让我难堪!"

老公摇摇头,面色很凝重,严肃地对你说:"老婆,事情绝不是这样的。你想想,自从进入公司之后,你每天忙于梳妆打扮,周旋于歌厅、舞厅那些娱乐场所,早把提升自己忘到九霄云外去了。"

你瞪着大眼,不服气地说:"谁不是这样呀,你见过有几个人下班之后把心思花在提升上?"

"老婆呀,不是我说你,现在竞争这么激烈,不奔跑就会落后,落后就会挨打。忽视算得了什么？你有没有留意过身边的那些人，他们是不是每天也跟你一样，忙于梳妆打扮，追赶时髦?"

你跟老公的争吵不了了之，反正你不服气，领导忽视你就是不应该！其实你只是嘴硬而已。你开始偷偷留意同事，你突然发现，同事并不是像你想象中的那样，而是每天都在竭尽全力地拼搏，一丝红晕爬上你的脸颊。

你开始悄悄改变自己，工作之余不再把时间花在修饰自己上，而是把精力投入到学习之中，本来就很聪明的你很快再次脱颖而出。

年底，公司召开会议，决定三年一次的出国考察名额的归属。你低着头，心想这等好事肯定与你无缘。

"李小梅"三个字突然在耳边响起，你不知道自己犯了什么错，像一只受了惊吓的小兔子，慌忙抬起头，涨红着脸，睁着一双惶恐的大眼。

领导正笑吟吟地看着你。同事的眼中盛满羡慕:"恭喜你!"雷鸣般的掌声响彻整个会场。

你蒙了！半天才反应过来，脸似大火烤着一般，一片通红。

你恍然大悟，原来忽视自己的不是别人，是自己!

我的上帝

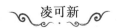

凌可新

　　早晨睁开眼，王九看见一个人坐在床边。他辨认了一下，似乎有点面熟，就问："你是谁？怎么会坐在这里？"这人说："我是上帝。"王九怔了怔："上帝？你怎么会是上帝？"这人说："我怎么不会是上帝？不是上帝，你说我是谁？"王九想不出来他是谁，就默认了。

　　上帝很高兴，说："像你这么容易就认出我来的人，是非常稀有的。这说明你心里不仅存有上帝，而且坚信上帝的存在。"他拍拍王九的脸皮，继续说："好吧，看在你真诚的份儿上，我今天就拯救你一次。"

　　王九坐起来，穿上衣服。上帝说："最近你是不是老睡不好？爱做梦？总梦见一条蛇跟你过不去？"王九吃了一惊："你怎么知道这些？"上帝得意地说："要不我怎么会是上帝呢？"王九说："那你说我这是怎么了？"上帝说："这是因为你的上司嫉妒你，处处找你的麻烦。日有所思，夜有所梦。看来你有危险了。"

　　王九很害怕："我该怎么办？"上帝说："今天上午你们要开会吧？"王九说："是。"上帝说："这个会共有三个议题，最后一个是关于撤销你职务的决定。只要你的上司一公布出来，你就完蛋了。"

　　王九跳起来，说："上帝，我该怎么办？"上帝笑了笑："我是来拯救你的。相信只要照着我说的办，你就逢凶化吉了。"王九说："我那个上司一直都作恶,大伙敢怒不敢言,我写过好几封举报信。他是为这个才撤我职的吗?"上帝说:"没错。俗话说胳膊扭不过大腿。他收拾你,简直小菜一碟。"王九着急地说:"那你怎么拯救我啊?"上帝说:"你没事一样地照旧参加会议。但在上司宣布开会的时候,你过去,照着他的脸上吐一口痰,然后说,我知道你心里想的是什么。"

王九哆嗦了一下,说:"这行吗? 吐一口痰? 往他的脸上?"上帝说:"这是唯一的办法。如果你不想被他整死的话。"王九说:"可我从来也不敢公开得罪他啊?"上帝说:"你相信不相信我是上帝?"王九说:"相信。"上帝说:"这就行了。"

王九穿裤子的工夫,上帝就不见了。王九叫了好几声,也没人回答。倒是他老婆过来,说:"你又做梦了吧?"王九平静地想想,说:"是做梦了。"他老婆说:"你个没出息的,就知道做梦。"王九想告诉她他见到上帝了,再一想,就没说出来。

上午上班,单位开会。王九早早坐在自己的位子上。人齐了后,上司就端着杯子过来了。他把来的人飞快瞅了一遍,眼光落在王九脸上时,上司意味深长地笑了一下。王九赶紧低下头,不敢跟上司的眼睛对视,心脏跳得厉害。

上司一宣布开会,王九就知道自己的生死关头来到了。他抬头看上司。上司这时已经不再看他了,而是低头翻动几份文件。王九犹豫了片刻,在上司要讲话时慢慢站起来。往上司那里走的过程中,王九努力搜刮出一口痰来,含在嘴里。等来到上司面前,王九的嘴里已经满了。上司抬头刚想讲话,看见王九,惊讶地问:"王九,你这是干什么?"

这时王九已经不可能再理会别的了,他必须按照上帝的旨意办。他鼓足勇气,噗地把嘴里的痰吐到了上司的脸上,然后说:"你不用再假装清正廉明了,我知道你心里想的是什么。"说完这些,王九意犹未尽,用手指点着上司的脸,大声说:"伪君子! 你的阴谋破产了!"

王九回到自己的位子上坐下。会议显然开不成了。上司一直都威严,

没人敢挑战,现在当着所有下属的面,被王九吐了一脸痰,这颜面何存？只见在众人的无比吃惊中,上司跳起来,说:"反了反了,王九疯了⋯⋯"

王九说:"我不是疯了,而是爆发了。鲁迅先生早就说过,不在沉默中爆发,就在沉默中灭亡。我爆发了⋯⋯"

说完这些话,会场上突然响起一片掌声。大伙纷纷叫好,说王九了不起,老实人一旦爆发起来,真是要比一座火山还厉害的。因为眼睛被痰糊得满满的,上司也不知道叫好的是谁,鼓掌的是哪个。但听着这掌声一片,上司的脸色跟着一片苍白青紫。

出了这样一个轰动一时的事件,上级很快就派人过来调查。更因为万事都有王九那一口痰扛着,大伙都敢于畅所欲言了。结果没多久,上级就宣布了调查结果,上司就地撤职,另外委派一个新的上司过来主持工作。

新来的上司特意把王九叫到办公室,问他为什么敢往原上司脸上吐一口痰,而且是当着所有人的面。王九是个老实人,不敢隐瞒,就一五一十地说了。新上司很吃惊,说:"你见过上帝?"王九说:"见过。"新上司说:"是他叫你这么做的?"王九说:"是他。如果不是他,我根本就没有这个勇气。"

"可是⋯⋯"新上司沉吟了一会儿,说,"可是那天开会的议题里面,根本就没有把你就地撤职一条啊！"王九说:"不可能。上帝不会骗我的。"新上司说:"真的没有。那个会不过是对后面工作的安排而已,根本就没有牵涉任何人员的任免,更不用说撤你职了。再说,你又没犯罪,他有什么权力撤你的职?"

王九不相信新上司的话。不过新上司似乎对王九很有顾忌,一上任,就提拔了王九。私下里他跟王九说:"我可不敢也被你吐一脸的痰啊。"王九小声嘟囔说:"那都是上帝叫我做的。"新上司说:"那我就更不敢得罪你的那个上帝了。"

被提拔了的王九非常想问问上帝,那天开会的议题里面到底有没有那一条。可是不知为什么,他再也没有见到过上帝。不过见不见到上帝,已经没多大意义了。因为静下来后,王九常常感觉到,其实,上帝就在他心里。

寒 秋

孔祥树

老毕是局办副主任，写了二十多年材料，近视眼镜像瓶底，头顶沦为不毛之地，背也有点驼，像每天压着千斤重担似的。

一天下午，局长急急把老毕叫去，说："明天张厅长带着二十多人下来调研，你赶快写一份有分量的材料，好向领导汇报工作。"

老毕最怕领导突然袭击，毕竟五十多岁的人了，手脚不太灵便，脑瓜也不太好使。他叹息一声说，前世作了恶，今世来写作，看来今晚又是一个不眠夜呢。

下了班，老毕没有回家，他在外边买一盒方便面和四包低档香烟，急急回到办公室，把自己关起来。

老毕几口扒拉完面，就翻箱倒柜，把有关资料都找出来，铺在桌面上，一一翻阅，就像农妇在竹簟上晒薯片。

他点燃一根香烟，一口一口吸着，开始构思。他先定框架，再拟标题，然后动笔。只见他左手夹烟，右手拿笔，时而眉头紧锁，时而抓耳挠腮，时而猛吸香烟，时而连连咳嗽，时而擦擦镜片，时而揉揉双眼，时而来回踱步，时而笔走龙蛇。

到了半夜，万籁俱寂，室内烟气令人窒息，地上躺满烟蒂。老毕脸色变得惨白，眼睛布满血丝，咳嗽一声比一声紧。

等他写完最后一个字，手不住地颤抖，身子突然虚脱，一下栽倒在沙发

上,不能动了。

这时天已大亮,有同事上班来了,老毕只好硬撑起来,趔趔趄趄,去打印稿子。

打印好后,老毕认真校对一遍,连早餐也顾不上吃,急急送去。局长简单看看,拿起笔,东一斧,西一刀,砍得血肉模糊,不忍卒读。

老毕急急改好,又眼镜贴着纸,字斟句酌,仔细校对三遍,才定稿。

老毕长长吁一口气,不觉双眼一阵发黑,原来忘记了吃中饭。但这时快开会了,他只好又在外面泡方便面。

老毕赶到会场,省厅领导还没有到齐,他给每个人发一份材料,然后坐到一边,翻看起来。刚看一页,他就发现一个别字,他赶快改好,心胡乱跳起来。看到最后一页,又发现一个错字,他抖着手改过来,额头上渗出了汗粒。

人到齐了,局长说:"张厅长,上午,我带各位领导看了几个参观点。下午,我先汇报下工作,然后请领导作指示,怎样?"

张厅长说:"上午,几个参观点,工作很扎实,卓有成效呢。至于下午汇报工作,我看就算了吧,你们发了一份汇报材料,我们回去看也是一样的。我们这次主要是来调研,你看还有没有更好的参观点,让我们再看看。"

局长一下子愣了,他嗫嚅着说:"我们准备的几个参观点,上午都看了呢。"

这时,张厅长的秘书过来,咬着局长耳朵,嘀咕了几声。

局长顿时眉开眼笑,说:"参观点呀,有,我刚才迷糊了。我们这不远有座九仙山,是国家级风景区,欢迎领导去调研。"

张厅长说:"旅游业是朝阳产业,我们是要多深入实地,多找困难和问题,为山区经济发展建言献策。"

来到九仙山脚下,车不能再上了,大家放下包裹,准备上山。这时,张厅长还提着提包,张厅长说:"记得我们不是来游山玩水,而是来实地调研的哟。"大家只好返回车子,把包都带上。

在山上,大家观云海,赏红叶,看飞瀑,沐温泉,听梵音,直到黄昏,才依依不舍地下山。

走到半山腰，突然下起雨来。幸好不远处有个亭子，局长赶快把张厅长扶进去，但衣服都淋湿了。时令已是深秋，冷风刺骨。张厅长蜷着身子，瑟瑟发抖。

局长赶快去林子抱回一捆柴，放在亭子中间，准备烧堆火，给张厅长取暖。

枯柴淋湿了，局长点了几次火，也没有点着。

这时，一个省厅领导打开提包，拿出一份材料，向柴堆丢去。局长赶快点燃，塞到柴堆下。其他调研人员也纷纷打开提包，拿出同样的材料，丢向柴堆。

陪同的老毕定睛一看，腿一软，一下瘫到椅子上。原来烧的材料，正是他写的。

随着那些材料被一张张撕开，一张张撕碎，一张张点燃，老毕的心像被人一刀一刀割着，不住滴血。

火总算点着了，但那些湿柴还是烧得不旺，浓烟滚滚，灰末乱飞，呛得张厅长不停咳嗽，红了双眼。

如果能再加几张纸，再添一把火，这湿柴就可以彻底烧旺。

这时，局长发现老毕蜷缩一角，手里还拿着剩下的两份材料。局长就喊："老毕，快把那材料拿来。"老毕一动不动，好像没听见。

局长上前，又喊："老毕，快把手里的材料拿去添火！"老毕紧攥着，微颤着说："这是最后两份，要拿回去存档呢。"

局长生气了，吼道："老毕呀，你糊涂呢，是你手上这几张废纸重要，还是厅长的身体健康重要？"说完，不等老毕回话，就一把夺过来，一下丢到火堆上。

大火终于熊熊燃烧起来，大家又露出了笑脸，唯有缩在角落里的老毕，不知道是不是烟熏了，眼睛红红的。

寒风吹起来了，片片枯叶在空中打着旋，慢慢飘落……

名　额

王培静

　　边关的十月，已经下过两场大雪。秋天的风刮在脸上，已有小刀割肉般的感觉。

　　平谷营长在办公室里踱步。他心里明白，这一天，早晚得来。这不，顺义连长刚走，他把一个难题上交了。

　　侦察连有两个好兵，一个是南天观，一个是鲁一贤。南天观代表营里参加过师里、军里的五项全能比赛，在军里拿过第三，在师里拿过第一，是营里军事训练的一个标杆；而鲁一贤虽然只有初中文化，却通过自学和努力，写的文章上过《解放军报》《中国武警》杂志，营里准备年底给他报三等功。两人都是营里的宝贝，谁走了也舍不得，但三级士官的名额只有一个。

　　平营长咬咬牙，对教导员说："走，咱俩去趟团部。"他和教导员一起上了吉普车，在车上，教导员说："营长，你说石主任会是个什么态度？"

　　平营长面无表情地说："管他什么态度，能多给个名额最好，真不给，我们就赖在那儿不回来。"

　　"好，我们一起努力。"

　　一路上两人再也无话，表情严肃得有些吓人。

　　来到团部，在政治处石主任的办公室门口，两人整理了军装，抖了抖精神，洪亮地喊道："报告！"

石主任笑着说:"没听说团里要开会呀,这么远的路,一个营两个主管都跑团部来了,是有什么重要的事吧?"

平营长语气有些沉重,说:"石主任,您说句实在话,我和洪教导员平常工作上掉过链子没有?生活各方面给组织上找过麻烦没有?"

石主任说:"都没有。你们就不用给我铺垫了,有什么事,就直接讲吧。"

洪教导员接过话茬说:"石主任,我们给您汇报件事,这事只有您能帮我们了。"他们讲述了自己侦察连南天观和鲁一贤两个老兵的实际情况。

石主任听完,长长地叹了口气说:"这两个兵的情况,我怎么会不知道?都是个顶个的好兵。可铁打的营盘流水的兵,套改的士官名额就那么几个,每个单位都有这样那样的困难。再说,名额是团里开党委会决定的,我一个人也做不了主,我这个主任真的没办法。名额只有一个,谁走谁留,你们回去做工作吧。"

两个人又软磨硬泡了半天,却一点效果也没有。

回到营部,文书打回来的饭,两个人都没有动。

晚上,洪教导员敲响了平营长的门。洪教导员沉沉地说:"营长,思虑再三,我想还是让鲁一贤走吧,我已经找他谈过话了。"

平营长关切地问:"这样合适吗?他的情绪如何?"

洪教导员叹了口长气说:"我也想了,你心里肯定想留南天观,所以,我替你做主了。"

"可鲁一贤走,你能舍得?要知道这样,去年的三等功,就不应该给南天观。现在又不是评功评奖的时候,这样做,太亏鲁一贤了。"

"我向他表示我们的歉意了。刚开始他比较沉默,后来就有些想开了。他说,教导员,有你和营长的认可,比立什么功得什么奖都强,我在你们手下当这五年兵,感觉值了。"

"这兔子都不打窝的地方,有什么可留恋的?回去赶紧成个家,好好过自己的小日子多好。"营长望着房顶说。

我也这样劝他了:"回去好好养养,你这秃顶上或许还能长出头发来。

好好努力，将来在地方当个宣传部长什么的。他流着泪说，别的都无所谓，我是舍不得这里朝夕相处整整五年的战友们。大哭一场后，情绪好多了。"

两人沉默了好大一阵子。

两人都感觉鼻子酸酸的。

还是平营长先开了口："教导员，我们一起出去走走吧。"

夜晚的营房外，格外宁静。月光下，两个身影并肩走着。

洪教导员心里想，对不起了，九泉之下的表哥表嫂，我没有照顾好侄儿，但一贤是好样的，是个响当当的好兵，没有给你们丢脸。

电脑丢失的日子

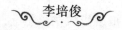

李培俊

我的电脑不知被哪个王八蛋掠走了。那天，我只出去了二十分钟，回来时，我桌上那台名牌笔记本电脑就不见了。当时，我正敲一个中篇，领导在三楼叫我，让我去一趟。领导叫我，一定是有事安排，我把刚刚写下的文字存盘，急忙上了三楼，门也忘了锁。

领导交办的是大事，让整理非物质文化遗产项目资料。领导说，我们申报的嫘祖故里项目已获省里通过，让进一步补充完善一下，上报国家级项目。并说，省里对这个项目很有信心，要争取一次性通过国家评审组验审。这个项目一开始就是我经手的，轻车熟路，无非增加一些实有资料图片，文字方面做一些修饰也就行了，不是什么难题。回到办公室，我一下子傻了，桌上的电脑不翼而飞，消失得无影无踪。

我问了对门的小朱，小朱说："刚才专卖店的人来过，把你的电脑提走了，说是你让人家修理的。怎么了？"我说："我哪和什么狗屁专卖店联系了？你怎么不问一下呀！"小朱说："你又没交代，怪我干什么，真是的！"

完了，我的所有资料可都在电脑里存着，包括三个中篇和两个短篇。更要命的，是嫘祖项目的全部资料都在里面，连个备份也没有。我急忙上三楼找领导，说我的电脑丢了，不知被哪个王八蛋偷走了。领导盯着我，那是一种挺古怪的目光，审慎，不满，怪异。而后说："老李，看来你有抵触情绪呀，

不想搞这个项目是不是?"我说:"不是,我的电脑真丢了。"领导笑了,说:"既然想搞就好办,据我所知,没什么事可以难倒我们老李的,那就手写,写好了交打印部打印。不过,时间太紧,只有四天时间,你得抓紧一点啊。"

那就写吧。那些资料都在我脑子里装着,不说倒背如流,也能复述得八九不离十,不是什么难事。我坐了下来,摊开稿纸,伏在案子上。可奇怪的是,当笔将要落到纸上,脑子里竟然一片空白,一个汉字也想不起来,连"嫘祖"两个字也不会写了,不知先横后竖,还是先撇后捺,我急出了一头冷汗。

怎么会这样呢? 我把十根手指摊在桌子上,敲键盘一样敲了一遍,才想起"嫘"字的写法。以后的文字我都是把桌子当键盘,先敲后写,落到稿纸上,其速度之慢可想而知。整整一个上午,只写了两行字,还累出一头汗水。下午,领导来视察进度,见我只有两行字,十分不满,说:"老李呀,照这样的速度,四天能拿下来吗?"我说不能,接着我说明了原因。领导十分怀疑,说:"不会吧? 这怎么可能呢? 用上了电脑,汉字都不会写了? 那可是咱们的国粹呀,从小学过的,怎么就不会写了呢?"我说:"真是这样,每个字,我都是敲一遍才知道怎么写的。不过,我可以试试其他办法。"

我去了电视台,想登一个寻物启事。我起草的启事言明,如能归还我的电脑,或把电脑里存的东西拷下来,我就送他五千块钱。电视台的人和我熟,笑着说:"老李,你是不是发烧了? 你没好好想想,人家会还你的电脑吗?"我说:"怎么不会? 白拾五千还不干?"他说:"你别异想天开了,小偷能理解吗? 以为你设局逮他呢。不如把登寻物启事的钱省下,咱俩出去喝两杯算了。"

又一条路被堵死,我哭天无泪,仍然按照我的笨办法进行,十指敲字,然后写到纸上。两天两夜没眨一眼,嫘祖资料只写了不足四分之一。领导真急了,说:"老李,我喊你大爷行不行? 这样吧,你复述,我来写,可以吧?"可十指不动,我连复述的能力也消失了,竟是一句也想不起来。领导说:"从明天起,你把这摊子交给小吴,你不用来上班了。"

我知道领导说的是气话,离了我,地球还真转不了,别说小吴、小张、小王、小刘都不行,谁也没法从我脑子里挖出那些资料。

挨到第三天,领导吩咐办公室:"去,到专卖店掂个手提回来!"

重新坐到电脑前,那些溜得无影无踪的文字,重新飞了回来,我文思泉涌,一发而不可收,不到一天时间,竟把嫘祖资料整理得锦上添花,顺利上报。

不过,我的日子跟着难过起来,说什么的都有。有人说我丢了电脑,想让单位给买,就拿嫘祖一事要挟领导;也有的说,那台电脑说不定我背回家了,让老婆种菜偷菜去了。还有更难听的,说我自己想当头,故意拿领导一把。

我说,他妈的天地良心,谁有那些想法出门让汽车撞死!事后我才知道,好多人都患有这种电脑依赖症,比如我们单位的老蒋、老许和小阴,只不过他们没说罢了。

我常常想,如果那个发明电脑的人站在我面前,没准我会抽他两个大嘴巴。

巴西木的指环

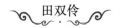

田双伶

　　我和王葳在同一个办公室,隔着彼此的,是两堵薄薄的木板壁、一盆垂蔓绿萝,和同事林小雨的长发侧影——她的耳环天天换,有时会一天换三次,泪珠形的、环形的、垂线形的……王葳总是侧过脸欣赏她的左耳环,我欣赏她的右耳环,而后是眼神的碰撞,微笑,迅即移开。

　　我们三个人都在设计部,她们两个是文案。王葳沉稳能干,安静寡言,和我来自同一座城市。她和乖巧可人的林小雨是同一所大学同一专业的学姐学妹。公司老总对人极其严苛,虽说是人才济济,却是走马灯一样换,我每次给绿萝浇水时,心头就会陡升一丝莫名的怆然。公司的花草定期有人整理,那些叶黄枝枯的都被搬走,换来一盆又一盆绿意盎然的植物,这情景更让人没有安全感。站在二十八层楼上,俯视下面蚂蚁样蠕动的人群,我的头就会眩晕。《都市晨报》上,已不止一次报道有人从高空跳落的新闻了。

　　这样的环境,让每一位坐在格子间里的人都谨小慎微。只有在茶水间里,我们喝着公司免费提供的咖啡或茶,努力攀谈一会儿,以短暂的慵懒,来抵抗写字间的沉闷。茶水间也因此成了八卦绯闻飞短流长的滋生地。

　　我从不屑于听那些是非,可那天,看见林小雨可怜兮兮地低头啜泣,几位同事低声附耳的交谈让我不得不细听:林小雨曾在学校论文作假,家境贫寒的她为了毕业后能留校竟勾引学校的教授……几位同事表情丰富,端着杯子回来,眼神都斜斜地瞟向王葳。

林小雨红肿着眼从老总的办公室走出,经过王葳身旁的那一瞬间,目光里闪出一丝凛冽。

下了班,我拉住王葳低声质问:"我不明白——你说的?"

王葳茫然地摇摇头,说:"我也不明白。"

没过几天,公司的论坛网页上,出现一条匿名留言,是一位女人的悲愤口吻:王葳如何借业务之便出卖公司的谈判方案牟利,如何勾引客户,破坏别人的家庭,如何让她的生活无法安宁……阳光从窗台移到绿萝的叶子上时,那条留言已被公司所有人的眼睛扫描了一遍。一道道惊诧和鄙夷的目光,如烈日透过树叶,斑驳地落在王葳身上。

林小雨委屈地一遍遍和人解释,急得都要哭了:"我可说不清楚了。你们一定怀疑是我报复她了。我怎么知道她的事呢?"

按照公司惯例,王葳应被辞退,可老总经不住我们一再请求,最终留下了她。

王葳被"流放"到最磨人耐性的客服部,坐在角落的一处格子里。我帮她搬办公用品的时候,说:"王姐,我们还是离开吧。"

王葳定定地望着我说:"到哪里都是一样的。"

她用抹布擦拭落满灰尘的桌子。桌旁,一株粗壮的巴西木,舒展着宽大浓绿的叶片,亲切地挨着她的右臂,长长的叶子颤动着。她摘下了手里的戒指,把它套在巴西木新发的侧枝上,对我说:"过生日的时候,男朋友送的,他说银指环能给人带来能量。我一看到它,心里就安静了。"

在茶水间,我和王葳端着茶默默无言。林小雨进来,看看我们,也没说话,冲了杯咖啡,甩了甩长发,就出去了。就在她转头的那一瞬间,耳上镶钻的耳环晃过一道刺眼的白光,我看到了她眼角含而不露的笑意,忽然察觉出一丝反常。

临下班,我约了公司的一位男同事,在一家茶餐厅里,我们打开网页,查那匿名留言的来处。同事是 IT 高手,网络技术的高超使整个过程异常简单,

123

他找出匿名留言的 IP 地址,向网站管理员举报,锁定地址。第二天,当他把 IP 地址拿给我看时,我们都惊呆了!

我告诉了王葳,说:"无非公司提拔或裁员,你是她唯一的对手嘛。"

王葳没有接我的话,却给我讲她昨晚做的梦,她梦见家乡的玉兰树上,开满了白色的花,在梦里她年纪轻轻就生了满头的白发,她在梦里不停地奔跑,突然跌醒了,醒来时,房间里一地雪白的月光……她说:"每个人生存得都很不易,都有各自的苦处。有句话是这么说的,因为懂得,所以慈悲。知道吗?"

匿名留言的事,王葳只字不提,每天只是安静地做她的事。

格子间的明争暗斗永无休止,客户的争夺、文案创意的否决,让彼此心存戒备。公司总部突来的裁员文件,让每个人如惊弓之鸟。茶水间里,女同事谈论更多的是最近热播的宫廷剧。狭小的格子间,谁说不如宫廷中步步惊心呢? 如今,我觉得在一旁欣赏林小雨,看她和人谈笑,做优雅状、娇羞状、委屈状,特别是对着王葳学姐长学姐短的,很无辜很天真的样子,真是件有趣的事。真是一个现代版的掩耳盗铃。

即便林小雨每天变换不同的耳环,显得娇媚无比,即便她上下班有不同的车来接送,她还是因部门考核业务太差被辞退了。王葳却因一番真诚的话语感动了非要退单的大客户,又为他们写出一份颇具文采的设计文案,折服了与公司合作的几家媒体单位,她从客服部直接被提拔到媒体信息部做了主管。公司给她一间独立的办公室。除了桌上的文件,她执意将那盆巴西木也搬了进去。

那天,我敲门进去,想和她谈我准备辞职的事。

她正柔声地握着电话和人谈策划案。挂了电话,她说:"你来看。"说完她弯腰拨开巴西木的叶子,我看到簇生的叶子底端,一只泰国银的指环,深深地勒进树皮,而树皮肿胀一般把它几乎埋了进去。我能想象到,一天天,新生的枝干渐渐粗壮,那只指环被深深地箍进树皮里。

"银指环?"我惊讶了,想起公司流传的生存法则——忍,忍,忍,不禁莞尔,"你是让我修炼忍耐力吗?"

她摇摇头说:"无论身处什么环境,自己的成长是最重要的。我让你看的不是这个。"

顺着她的手指,我看到,巴西木绿叶间开出一串白色的小花!在这里,戴着指环的巴西木竟然开出花来了。

办公室的企鹅政治

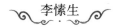

李愫生

　　我们不把她叫作领导,在底下我们提及她都叫她"某人"。除了某人不知,大家都知道某人指的是谁。我们经常说,某人来了,某人又怎样怎样了。某人是中老年妇女,更年期,自己的家庭不幸福,就把心思全部放在了权力上,把我们管压得很严,我们不敢明目张胆地议论。

　　我们得出结论,她就是一个没有爱和自信的人,只有权力才能证明她的存在。我们遭遇过很多荒唐的事情,因为工作文件上的一个字一个词,她都会给你纠正上半天,换上她认为好的字词,然后把你批判一通,证明你的无能。最离谱的是,她家门口有家热干面店,她认为不错,开会时给我们推荐,居然说"现在都市里吃热干面也是时尚了,很多人开车去那里吃"。其实,她只是偶尔看见过有车去。就因为那是她喜欢的,她就给它贴了个"时尚"的标签,来证明她的品位。单位每次出去聚餐,都是她点菜,大锅菜或白菜烧豆腐是必点的,其他的几样菜也不是下饭的,害得我们苦不堪言,每次都吃不饱。到现在,提起豆腐白菜,同事们就反胃。

　　其实,她也很苦。早年丧母,叛逆的性格让她受了不少苦。她原本是一个农村女孩,在县文工团待了几年;二十世纪七十年代国家恢复高考后,她拼死拼活考上大学;后来,又拼死拼活地来到了我们单位,一步步爬到领导的位置。

我们单位是事业单位,无钱无背景的她也不好混,她的性格又乖张。大院里时常有关于她的传闻。因为一些工作问题,她和最高层领导吵过好几架,后来,就没领导敢和她谈工作了。别的部门的人员调动,进行很正常,即使遇到问题,最终也会妥善解决;只有我们部门,终其十多年,几乎未见过任何人员流动。曾经有传闻,她是把前任领导——一个性格耿直、固执的老头气病、去世,她才上的位;也有传闻,当年为了上位,她和某位高层传出过风月事件;还有传闻,她散布同事的绯闻流言,挤走了竞争对手。这样一个充满了心机、努力往上爬的人,终于当了领导。事业单位的大院,充满了鸡零狗碎,流传着各种小道消息。但是,那些消息,也不是空无实据,总有一些影子会让人捕捉到。

经年累月,旧事本可忘记。偶然在外听别人谈及从前的那位高层领导,她就踩上一脚,恶评如潮。好像使劲贬低那位高层,她就和他划清了界限,她和他从前的那点风月事件就会抹掉。旁人哂笑,嘲她的不明智。不管从前的情谊是真是假,到底有过情分,心胸开阔的话,你大可客观地夸上几句,不愿提也可抿唇微笑,当作不认识。

虽然,某人有这样那样的缺点,但她确实很好学。一把年纪了,学会了英语,学会了电脑、上网,还特别关心政治,经常和我们讨论国际大事。那样子,像极了指点江山的将军。她最崇拜的偶像就是巴顿,手腕铁血,叱咤风云。

后来,电脑普及,为了交流更方便、低碳,某人不打内线电话了,她加了每一个人的QQ,开始在QQ上关注我们的思想动向。有次,有个同事QQ签名"灰暗的天空"。其实,那天是晴天。某人找那个同事谈话,"探问"他"灰暗的缘由",鼓励他要积极生活。还有一次,一个同事QQ签名留言用了《论语》的一段话,她一向看不上那个同事,说那个同事读不懂《论语》。我们愕然,不管是否能读懂,学习总是好事啊。另有一次,一个同事QQ签名"要赚钱",她逮住人家开会,暗示不准在外做兼职……自此,大家都知道了她的习惯,战战兢兢,不敢随意在QQ上签名。我们严阵以待,规规矩矩地在QQ上

签上"好好学习,努力工作"。

　　不过,我们也有将计就计的时候。因为某人的吝啬,每到年节时,别的单位都发厚厚的过节费,大包小包往家搬,我们却啥都没有,偶尔才会有一两箱苹果。又到过节,羡慕地看着别家单位,我们又不敢和某人提发钱。同事们串联了。A 在 QQ 签名里写道:好羡慕别家单位哦,发那么多东西。B 在 QQ 里签道:好期待,不知道单位会发啥呢。C 在 QQ 里签道:单位没钱,不想了。D 在 QQ 里签道:梦到过节费……某人一看大势所趋、众怒难犯,给每人发了二百元过节费。我们心里那个不爽啊,忙活了一场,就发二百元钱。

　　后来,单位发生了一件大事。同事 Z 无法忍受某人,辞职了。不久,相关部门接到了检举某人的举报信。某人心亏,气愤异常,一直认为是 Z 在报复她。某人给我们看了 Z 的 QQ 签名截屏,是针砭时弊的一段话。那段话,是一个新闻事件里的话,并不是专门针对某人。而且,那段话,是另一个同事 H 转发的,除了某人,每一个同事都看到过。只有 Z 拿它做了签名,也恰好被关注 QQ 签名的某人看见。

　　此案成为悬案。但我们相信不是 Z 所为,因为没必要。也许是某人仇家太多吧,巧合了。某人做贼心虚,才会对 Z 的 QQ 签名对号入座。从此,我们更不敢随意在 QQ 里签名了,我们都很尊敬某人,大家集体把 QQ 签名改为"尊敬领导,卖力工作"。某人终于满意,QQ 签名里赫然写着"关爱下属,团结共进"。

像小鸟一样成长

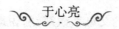

于心亮

郑钱，个头不高，是个老师，教历史。他上课不拿课本，立于讲台前，说完正史道野史，论完国外总统，又扯国内城管；说到倦怠处，突又来了精神，说昨晚夜观天象，发现一架 UFO 冉冉升起于东方，倏忽而至又倏忽而去……学生们哇哇直叫，没一个不精神的。

郑钱玩心大，跟学生们闹成一片，却不见得能跟老师们打成一片，年终评先选优，基本没郑钱什么事。教导主任恨铁不成钢，拉郑钱谈心找原因，郑钱笑呵呵摸摸脑袋，跟个回答不上问题的孩子似的，自我感觉也挺惭愧的，说："我……没啥原因啊……"

平时周末，老师们三五成群，喜小聚放松一下。郑钱从不参加，说害怕吃到地沟油，还不如在家里弄俩小菜自斟自酌好。学生李晓奇，感谢师恩，送来一瓶油，说是自家油坊做的。郑钱摸摸孩子脑袋，很感动，炒俩菜和孩子一起吃，说香，真香！

一连几日，不见李晓奇来上课，说是生病了，郑钱就想去看看，打听着来到一处院子，挺隐秘。李晓奇正在熬油，看到老师来了，撒腿就跑。郑钱叹口气，四处看看。李晓奇父母脸色讪讪的，请老师屋里坐。郑钱不坐，说："平时少让孩子干点，耽误了功课，不好。"

骑车回去，李晓奇等在他家门口，低着头喊老师。郑钱没搭理他，拎出

油瓶子,想扔掉,却被李晓奇抢了去,说:"老师,这不是地沟油,这是正宗的好油,不信我喝给你看!"郑钱说:"开玩笑吧你!"李晓奇张嘴就喝。郑钱急忙阻拦:"你真喝呀?"李晓奇说:"真喝,我不开玩笑的。"

李晓奇的父母来找郑钱,问这事怎么解决。郑钱说:"你们的意思……是跟我要钱?"李晓奇的父母说:"孩子为表清白喝油都拉稀了,你不给点赔偿费,说不过去吧?"郑钱就拿出一些钱,说:"李晓奇知道赔钱这事吗?"李晓奇的父母说:"这事岂能让孩子知道,会影响孩子成长呢!"

过了一些日子,李晓奇的父母来砍郑钱,说既然郑钱不让他们有好日子过,那他们就让郑钱也没好日子过!他们追得郑钱满校园跑,惹得许多学生和老师出来看。最后李晓奇跳出来大声喊:"不关郑老师的事,是我向上面举报咱家熬地沟油的,你们要砍,就砍我吧!"

李晓奇的父母很恼怒,挥着家伙朝儿子扑过去,一旁的郑钱急忙去阻拦,刀正好砍在他的胳膊上。

李晓奇的父母被拘留了。郑钱住了院。剩下孤单的李晓奇,受着同学们的嘲弄。李晓奇没想到事情会搞成这样,郁闷极了,就爬到楼顶上去玩儿。

李晓奇坐在楼顶栏杆上看鸟儿,目光扯出去很远。楼下开始聚集起人来了,都奇怪这个少年好端端的为啥要选择跳楼呢——莫非失恋了?还是没钱上网了?郑钱急匆匆地赶了来,大声说:"李晓奇,你成心想气死我,大白天坐在上面吓人玩,等我上去一脚把你踹下来!"

看到郑钱,李晓奇说:"老师,你的伤还疼吗?"郑钱说:"疼,那么长的口子,怎么会不疼呢?"李晓奇说:"其实,爸妈只是想吓唬我一下。他们一直这样,我早就习惯了。"郑钱傻傻地说:"那你的意思是……我这一刀白挨了?"李晓奇说:"如果你不挨这一刀,我爸妈就不会被抓,是不是?"

楼下铺上了救生垫,围了许多人。李晓奇说:"老师,你以为我想跳楼吗?"郑钱说:"不是,你是在看鸟儿。"李晓奇说:"可楼下那么多人都以为我想跳楼,如果我不跳,那他们会很失望的。"郑钱说:"如果你跳下去,很可能就变成历史了。你小子千万别犯傻。"

李晓奇就笑了,说:"老师,我就喜欢听你讲课,怪好玩儿的。以后我不能上学了,因为熬地沟油被查抄,我家里一分钱也没有了。现在爸妈也被抓了,所以我只能选择跳楼了。"郑钱说:"你跳,我也跟着跳。你不想活,老师也不活了。"

李晓奇看着郑钱,一脸的不信任。郑钱说:"老师希望你好好地活着,像小鸟一样快乐地成长。"李晓奇说:"你真的敢跟我跳楼吗?"郑钱说:"你跳,我就真敢陪着你跳!"于是,李晓奇就站起来,展开双臂,像鸟儿一样呼扇起来……

郑钱跳楼的一瞬间,感觉像小鸟一样地飞翔……郑钱重重跌落在气垫上,却看到李晓奇还傻愣在楼顶上。郑钱大声地喊:"跳啊,你怎么不跳?"李晓奇说:"你真跳哇?"郑钱说:"真跳,我不开玩笑的。"李晓奇沮丧地说:"可是,老师……我以为你开玩笑呢!"

李晓奇辍学了。郑钱想去看看,没找到人,就看了一会儿飞来飞去的鸟儿。郑钱开始中规中矩地讲课,开始圈出大段大段的章节让学生死记硬背。他不再讲故事,更不和学生们没大没小地闹着玩儿了……到了来年年底,郑钱被评上优秀教师了!

教导主任很满意,说郑钱进步很大。郑钱嘴里谦虚着,眼睛却望着窗外的小鸟。

老师帮帮我

李伟明

晚上,老吴接到一个电话,来电者居然是在本市乌油县工作的大学同窗王六。王六在电话里兴奋地告诉老吴,他已经升任副县长了!

老吴心里不禁一跳。王六在乌油县做文化局长,按说这是个比较弱势的部门,要升副县长,难度真不小。老吴便忍不住问王六:"好小子,走了谁的路子?"

王六得意地说:"给我们上古代汉语课的张教授还有印象不?他儿子从省里下派到我们市里做组织部长了!张教授把我的情况对张部长说了,这不,这次县里换届,我就上去了。"

老吴当然记得,张教授是个老夫子,上古代汉语课时老是抓同学们背古文,把大家都背怕了。有一年寒假,老吴和王六去张教授家看考试成绩。当时王六因为讨厌古代汉语,上课不听讲,还经常逃课,当然没考好,这次送上门来,刚好被张教授骂了个狗血淋头。而老吴却由于背功扎实,考了全班最高分,张教授高兴得一个劲儿地劝他读完本科要接着读研究生。两个人在张教授家的不同遭遇,老吴看在眼里,乐在心里,后来还经常拿这事开涮王六呢。

没想到,这次,张教授居然帮了王六这么大一个忙!

老吴心动了。他想到了自己,在市教育局做这个科长已有上十年,眼看着四十大几了，再不提拔上个副局级，这辈子就到顶了。早就该打听一下新来的张部长是什么来路呀！既然张教授肯帮王六，那么，按理说，自己找上门去，他应该更肯帮忙才对，毕竟自己那时还是古代汉语的背书高手呢。

挂了电话，一个计划便涌上了老吴的心头。

周末，老吴专门往省城跑了一趟。在母校几经周折，找到了当年的张教授。

张教授已退休在家。看到昔日的学生，毕竟已有二十年没联系了，张教授一时还有点想不起来。直到老吴说起当年背书的事，还说到自己的最高分以及张教授一片苦心教导自己要考研究生的情景，张教授才想起这个当年的得意门生来。既然想起来了，张教授就分外高兴，挽留老吴在家里吃饭，还开心地喝了几杯白酒。

老吴趁机聊了自己的工作，说明自己现在这个年龄是尴尬的年龄，说明自己的最大困难就是市委常委里面没人说话。张教授认真地听着，也不时为他惋惜几句。

老吴知道，这次还不能提张部长的事，那样让张教授觉得自己目的性太强，恐怕造成不良印象。他丢下一堆土特产后，离开了省城。

过了一个月，老吴又找借口去了一趟省城，找了张教授。张教授依然热情，但还是没有主动说到张部长。老吴知道火候没到，急不得，决定多跑几趟。

就这样，老吴跑了几趟省城，找不同的理由见了张教授，土特产也丢下了不少，师生感情也终于恢复到了当年在校时的水平。可是，张教授还是没有提起张部长。

老吴实在忍不住了，就自己提起了张部长。奇怪的是，张教授居然说根本不认识张部长，而且连听都没听过。

老吴看张教授那神情，不像装出来的。他满腹狐疑地回到家里，忍不住拨了王六的电话，想问个究竟。

不料，王六的电话处于关机状态。让老吴感到奇怪的是，接连几天，王

六的电话都是这样。

老吴想起班上还有一个同学陈七也在乌油县工作,于是拨通了陈七的电话,想了解王六为什么总是联系不上。

陈七听说老吴找王六,大吃一惊:"他不是在市精神病医院吗?半年前县里换届时,他就因为没当上副县长而发疯了,后来就被送进了精神病医院,你还不知道吗?"

都是因为职业好

厉周吉

在夏威夷一座豪华国际酒店的大厅里，几位美女帅哥悠闲地斜倚在沙发上，随意地聊着天。

一位三十多岁的中年男子说："不愧是著名的国际酒店，住在这里实在是舒服！"

一位漂亮的金发美女说："舒服不假，花钱也不少哇！这可不是一般人享受得起的！你倘若不是大款，也是大权在握的政要吧！"

中年男子爽朗地笑了起来："我既不是大款，也不是政要！"

"那你怎么消费得起？"美女疑惑地问。

"那都是因为我的职业好哇！我是豪华酒店试睡员，我试睡豪华酒店不但不用花一分钱，还能挣差旅费呢！这次，我来这儿试睡，是帮某酒店找差距的。"

"你这职业真是不错！不过，比起我的职业似乎还差了点呀！我不但在酒店里不用花钱，而且一路上游山玩水，吃喝玩乐都不用花钱。"金发美女甩了甩漂亮的秀发说。

"想不到还有比我的职业更幸福的职业！说说看，你从事的是什么职业？"男子问。

"我是旅游规划师呀！为了完成对我国某海岛的旅游规划，这几个月我

135

去过爱琴海、威尼斯、普吉岛等地,按计划,我还要考察好多地方呢!"美女说这话时,脸上溢满了幸福。

"真是个美差,我简直有点忌妒你的职业了!"另一位金发美女说。

"别笑话我们了,你怎么会忌妒我们呢? 你那么有钱,才让人忌妒呢!"旅游规划师说。

"你是从哪里看出来我有钱的呢?"

"你以为我看不出来呀! 你哪次回来不是像买菜一样带回很多时尚奢侈品! 没有钱,能买得起?"旅游规划师一边说一边朝周围看了看,"不过你放心,酒店里很安全,不会有小偷。"

另一位美女淡淡地笑了笑说:"既然你们都在晒幸福,我也晒一下吧!我喜欢购物,每次上街,看到自己喜欢的东西,总是控制不住自己的购买欲,以前很长一段时间,我的钱一直不够用。现在这个问题终于解决了,我一年四季都在世界各地购买奢侈品,并且我的钱永远也花不完!"

"那你一定是嫁了个超级富翁吧?"一位很少说话的黑发美女说。

"嫁个富翁,我才不稀罕呢! 这都是因为我的职业好哇,我的职业是时尚买手,我的主要工作就是时刻关注时尚信息,并随时到各地去购买。可以这样说,如果不在家,我一般在巴黎或者米兰;如果不在那里,我一般在去那里的路上……这次来这里,是为了买点土特产。"

这位美女说完,周围的人啧啧称奇,羡慕无比。

"有人晒,就有人伤。我们都在这儿晒幸福,没伤着你吧?"那位中年男子看了一眼另一位黑发美女,非常有修养地说。

"哪里能伤到我呢! 你们的职业固然很好,但是都必须做事才会有收入。再说,每天做同样的事,能不烦吗? 与你们相比,我才是最幸福的。我的收入也许比你们低,可是我什么事都不用做,或者说,我每天愿意做什么就做什么。这不,我在本国待腻了,到这儿度假来了。"

"世上还有这么好的职业,你不会骗我们吧! 说说看,你这是什么工作?"周围的人异口同声地说。

那位女子朝游人如织的银色沙滩望了一眼，然后挎上爱马仕皮包，慢慢地从座位上站起来，一脸自豪地说："吃空饷呀！"

"吃空饷是什么工作?"那位男子急忙问道。

"没听说过吧？这个我可不能跟你解释！"说完，她微微一笑，就迈着节奏感极强的步子朝楼上走去。其他几个人也从未听说"吃空饷"这个职业，于是充满疑惑地研究起来，可是研究了半天也没研究出个眉目来。

他们正讨论间，忽然看见那位女子满面愁容地从楼上跑了下来，他们几个人急忙问发生了什么事。那位女子一把鼻涕一把泪地说："别问了，我丈夫出大事了，我得抓紧时间赶回国内，看看能不能帮点忙……"

情绪性过敏

聂兰锋

母亲自从看了一则本地新闻,就咳嗽。新闻说,东郊一位九旬老太养了十几只猫,老太和猫一起吃一起睡。新闻配发了老太和猫在床上的图片。新闻还没播完,母亲就开始咳嗽,不紧不慢地,没有痰,没有泪。

"疼吗?痒吗?"我着急地问母亲,拍着母亲的后背。母亲说不疼也不痒,就是觉得那些猫身上的毛堵在嗓子眼儿,快憋死了。说着,母亲又咳了起来。母亲就是这样,平时谁抖个衣服或扫个地啥的,母亲就认为那些抖落的纤维或灰尘堵在她的嗓子眼儿了。

当医生的哥说这是一种心理疾病,叫情绪性过敏,得锻炼自己的心理承受能力才行。母亲近七十岁了,虽说没啥大病,但也经不得风浪啊,谁敢说咳嗽不能引发其他病症呢?果然,母亲咳了几天,就说心口痛,茶饭不香。咳了些日子,母亲就躺下了。母亲说最放心不下的是我。我下岗自谋职业以失败告终,后托熟人调到一家事业单位,还没编制,苦熬了几年,就快等到编制了,领导又调走了。最让母亲揪心的是,我还是个"奔四"的光杆司令。

一天,新来的领导找我问话:"小刘,听说你还单身?"领导很兴奋很期待地等着我回答,那眼神让我觉得单身是世界上最让人羡慕的事,单身是解决编制的唯一标准。这几年给我介绍的对象有一个排,先讲单位还行,一听没编制,告吹。今天莫非这个"单身"跳出来拯救我了?

"是。"我坚定地说。

"好!"领导更是坚定地拍一下桌子，站了起来，"小伙子，我要送你一样东西，希望你喜欢!"领导小心地从桌子下面捧出一个纸箱。小伙子? 领导竟然叫我小伙子，我比他大好几岁。我蒙了，领导给我送礼? 我的天，天上掉美元了!

正晕着，领导从桌子下面又拎出一个纸箱! 两个纸箱排在办公桌上。"来，打开看看。"领导的话很软，边说边打开第一个纸箱。我听得见自己咚咚的心跳，还听得见纸箱里沙沙的有动静。接着，纸箱被打开，露出里面的东西———一只猫! 白的。

"这是我们家的伊丽莎白，非常可爱。"领导说着又开了第二个纸箱，"这是猫粮和猫砂，你以后照这个牌子买，在贵人街五十八号爱宠佳缘。还有猫碗儿，猫盆儿，都是伊丽莎白专用的。这个球球，给伊丽莎白滚着玩儿的。"

我抱着两个纸箱走出领导办公室的时候，眼泪几乎掉了下来。领导的话打着我的脚后跟，我的脚千斤重。

"小伙子，伊丽莎白很听话，女猫，我舍不得送人，只是我女儿放了学不干别的，总跟猫黏在一起，一起吃一起睡，学习成绩下降。你是单身，很适合养猫，伊丽莎白跟着你，我一百个放心，抽空我还可以去看它。"

我家离办公室很近，不一会儿，我和两只纸箱就在母亲床前了。我把领导的话讲给母亲听，母亲只是听着，并没有看见箱子里的东西就激烈地咳嗽起来。我赶紧给母亲捶背，好一阵，母亲才缓过劲来。这一阵咳，咳出了痰，也咳出了泪。母亲停下来说，留下，留下这个"一刷白"。

母亲不再躺着了，母亲试着跟伊丽莎白相处。第一天母亲说，"一刷白"不吃食儿。我一看，猫碗里放着猫砂，我乐了，猫砂应该放在猫盆里，是用来大小便的。母亲也乐了。到了晚上，伊丽莎白在母亲门外叫个不停，竟然用爪子扒门，用头撞门。母亲将门开了条缝儿，这个精灵的小东西"噌"地就蹿上了母亲的床。母亲宁愿不睡觉也不允许猫上床，结果是伊丽莎白在门外叫了一夜，母亲在床上坐了一夜。

　　白天母亲补觉,睡得沉,一觉醒来,发现伊丽莎白蜷缩在枕头旁,也在补精神,睡得更沉。窗子敞着,人家从阳台进来的。你有关门计,它有跳墙法儿。嗨,斗不过你?

　　暂时败下阵来的母亲把盆里猫的大小便倒掉,在水龙头下将盆子冲洗干净,用棉布将盆子擦干,倒上新的猫砂,再将猫粮用量杯量了倒在猫碗里。"哼,睡吧。"母亲隔着窗子对熟睡的伊丽莎白说,"给你三天时间,叫你睡。"

　　母亲自信人定胜天,何况一只猫。伊丽莎白渐渐适应了我家的广阔天地,慢慢地也出去遛遛,在门口的菜地里打几个滚,伸几个懒腰,在松软的土地上扒个坑,羞答答地解决大小便,偷偷和邻家彪悍的大黄猫约会。几个月后,它竟然生了六只小黄猫。

　　当然,我一次也没光顾那个贵人街58号的爱宠佳缘,倒是新来的领导,经常光顾我家,看我母亲以及伊丽莎白。小猫满月的时候,我的编制问题解决了,正处着对象。有时候,我专门带女朋友来家看小猫吃奶,几个毛茸茸的小东西拱在一起,偎在伊丽莎白的怀里。

　　母亲笑着说:"本想等你的问题解决了就处理掉这个'一刷白'的,谁知它能干,一下子就拉家带口了。你说那个老太弄十几只猫也不费事哈。"母亲笑着说。我这才注意到,母亲好久不咳嗽了。

现　实

刘国芳

　　他上班比较准时，车在楼下等着，司机在他出来后会打开车门。偶尔，司机不在，他便喊一声："小李——"

　　小李就是司机，住楼下，在他的喊声里小李跑了出来。这时候他不用说话，小李会把他送到单位。下车后，秘书小吴会过来提包。办公室已经打扫好了，他坐下后，小吴会端上茶来。他随后一边喝茶一边看报，有事的话，他便喊："小吴过来一下。"

　　又喊："小马来一下。"

　　再喊："小陈进来。"

　　小吴、小马、小陈应声而来。

　　喝了茶看了报，他会走出办公室。秘书小吴一定跟在身后，他边走边看边说："保洁员今天没打扫吗？怎么这么脏？叫人扫一下。"

　　又说："墙角都长出草了，叫人拔掉。"

　　还说："那边叫人栽两棵树。"

　　秘书小吴一一应着，然后让人把他交代的事一一落实，也就是让人把地扫干净，把草拔掉，栽上树。

　　单位的人不但听话，还时刻巴结他。经常有人提着东西敲他的家门，门开了，放下东西走人。甚至，有人门也不敲，只把东西放门口。他开门看见

门口的东西,会跟妻子说:"把这些东西提进来。"

妻子照办,把门口的东西提到屋里来。

突然有一天,他退休了。

他当然知道自己退休了,但他习惯天天去上班,一到点,就提着包往楼下走。这时候楼下没有车,他没看见车,便喊:"小李——"

没人回答。

又喊:"小李,小李人呢?"

小李仍没出现,但他的妻子出现了,妻子说:"你现在退休了,还叫什么?"

他听了,呆起来。

有时候车在下面,那车是等对面小马的,他现在是局长了。他下楼看见车后,跟小李说:"送我去单位。"

小李没听见一样,站那儿一动不动。

他又说:"你没听到吗? 送我去单位。"

小李这回说话了,小李说:"你老在家好好歇着吧。"

说着话时,小马局长下来了,小李见了,急忙打开车门,让小马局长进去。

随后,车开走了,把他一个人扔在那里。

什么时候都有人巴结领导。小马当局长后,仍有人送东西,有人也那样门也不敲,就把东西放门外。有一天他看见对面小马局长门口有东西,就喊妻子出来,他说:"把门口的东西提进去。"

妻子说:"那是送你的吗? 那是送对面马局长的。"

他呆在门口。

有一天,他自己去了单位。他以前的办公室现在是小马局长的办公室了。办公室的门开着,但不见小马局长。他进去坐下来,但他坐下后,半天不见一个人过来,他忍不住了,喊起来:"小吴泡茶。"

秘书小吴就进来了,见到他,小吴说:"你怎么坐在这里? 这是马局长的办公室。"

他说："马局长有什么了不起？我当局长的时候，他还在穿开裆裤。"

小吴说："马局长就要来了，您老到我办公室坐一下吧。"

他说："我就坐这里，你敢把我怎的？"

他这样说，小吴只好出去了。

他随后一边喝水一边看报一边喊："小吴过来一下。"

又喊："小马来一下。"

再喊："小陈进来。"

没人理他。

后来他困了，瞌睡起来。在梦里，他仍喊："小吴过来一下。"

又喊："小马来一下。"

再喊："小陈进来。"

这回，小吴、小马、小陈应声而来。

喝了茶看了报，他走出办公室，秘书小吴跟着，他边走边看边说："保洁员今天没打扫吗？怎么这么脏？叫人扫一下。"

又说："墙角都长出草了，叫人拔掉。"

还说："那边叫人栽两棵树。"

秘书小吴一一应着，然后让人把他交代的事一一落实，也就是让人把地扫干净，把草拔掉，栽几棵树。

后来，他回家了，在家门口，他看见门口的东西，他跟妻子说："把这些东西提进来。"

这次喊过，妻子没出现，倒是小吴秘书把他推醒了，小吴说："你怎么在这里睡着了？这是马局长办公室。"

他知道自己在做梦，揉揉眼睛，他忽然明白了，以前的一切，其实就是一场梦。梦总有醒的时候，现在，他醒了，他回到了现实里。

现实里，他听到小吴很生气地跟他说："你快出去，马局长就要来了——"

通　知

金　波

　　这个月，阿愣一共加了五个班。阿愣是自告奋勇加班的，因为总经理对大家说过："你们许多人都是初来乍到的，一定要表现出色。本公司对那些表现出色的员工，一定是不惜奖励的。"阿愣是初来乍到的员工，最怕得不到领导的赏识，所以自告奋勇要求加班。越是加班的时间，越是拼命干，累得满头大汗也不敢懈怠。感动得总经理亲自为阿愣端来开水，鼓励说："阿愣，你行啊！你懂得为公司分忧，我是不会亏待你的。"阿愣连声说："谢谢！我一定尽心尽力为您效劳！"

　　阿愣美美地想：我这个月一共加了五个班，可以多收入二百五十元，如果加上总经理的"奖励"，那一定是相当可观的。然而，当月工资早已打入银行卡了，里面一分钱的"奖励"也没有。

　　莫非总经理太忙了，忘了给财务处打招呼？阿愣想。见了总经理，阿愣就喊："总经理……"

　　总经理瞥了一眼阿愣，严肃地问："什么事？"

　　阿愣就怕总经理这威严的目光，就像云雾遇到了闪电，立马崩溃。阿愣不好意思地说："没事，没事……"

　　看见总经理远去的身影，阿愣叹了口气，自言自语地说："总经理怎么把这事给忘了呢？"可是，经济压力却一天比一天沉重地朝阿愣袭来。这笔额外的收入,早已列入预算之中——和女朋友计划好了,拿它交房租呢。然而,交房租的日子已经到了,这笔钱却一点眉目也没有!

礼拜六例会,总经理亲自给员工训话。总经理声色俱厉地说:"有人口口声声宣称要把公司当作自己的家,要为老板加倍效力,而实际情况却是一点亏都不想吃,一丝余力都不愿掏,斤斤计较,分文必争,把公司当作自己的摇钱树,把老板当作自己的财神爷,纯粹以金钱的眼光看待自己的工作。这种人的忠诚度,是很值得怀疑的。"

总经理的话把大家饿得脸红耳热,低头不语。阿愣也脸红耳热,但阿愣想:"总经理肯定不是说我,因为他亲口告诉过我,他一定会奖励我的。何况,这并不是分文必争,而是它的价值起码大于二百五啊,乖乖,刚好一个月的房租钱!"阿愣觉得,这个钱一定要要,不能不要!

转眼就到了月底。过了月底,考勤就要重新开始,过去的工资投诉也不再受理了。阿愣急得火烧眉毛,心慌意乱。

第二天就是本月的月末,再不找总经理说说就晚了。阿愣硬着头皮,斗胆去了。总经理正坐在老板椅上,脑袋歪着,见阿愣走来,立即端坐身子,严肃地说:"阿愣,你来得正好!"

阿愣心中暗喜:"莫非总经理想起来了,要给我发奖金?"便恭恭敬敬地站在总经理面前,讪笑道:"总经理,我没打搅您吧?"

总经理说:"我说过,你来得正好!阿愣,我起草了一份《内部通知》,请你交给打字员打印出来。"

阿愣连忙说:"总经理,《通知》呢?我一定转交。"

总经理从抽屉里翻了一下,抽出一张复印纸递给阿愣。阿愣双手接过来,奇怪地说:"总经理,这是一张白纸,上面一个字也没有。"

总经理"啊"了一声,说:"我念,你把它写在上面吧。"

阿愣立即找来一支笔,准备写字。总经理想了片刻,用朗读的节奏,流利地念道:"内部通知:由于本公司近期经营欠佳,未能完成既定效益,现决定裁员一名,以优胜劣汰为原则,请每一个员工做好心理准备。"

阿愣听着、写着,拿笔的手不由自主地抖起来,心咚咚地乱跳,冷汗也流出来了。"好险啊,幸亏我还没有提出自己的要求,这不正好撞在枪口上了吗?在这个节骨眼儿上要加班费,总经理一生气,有好吗?"他想。

写完了《通知》,阿愣擦了一把汗,不敢看总经理的脸,低着头想溜:"总经理,我这就去转交打字员打出来。"

"等一等,"总经理叫住了阿愣,"阿愣,你找我一定有什么事吧?"

阿愣吓得半天才回过头来,矢口否认道:"没有!一点事也没有。"

总经理说:"没事就好。不过,你这个月表现不错,一共加了五个班,我应该怎样奖励你呢?"

"不!不!"阿愣惊恐万状,连声谢绝,"总经理,为公司效力,是我的本分。别说加了五个班,就是加了十个班,也是不值一提的。我正好借这个机会表达我的忠诚呢,千万别提'奖'字,它会让我蒙羞。"

"好,好。"总经理连连点头,"阿愣,我需要的就是你这样的员工啊。你处处为公司着想,我是不会亏待你的。"

"谢谢您!谢谢您!"阿愣的脑子变成了一片空白,"总经理,没事我就走了。"

"好。你先把《内部通知》的底稿还给我吧,让我修改修改,暂时就不要打了。"

阿愣交了底稿,失魂落魄地回到座位上,一屁股歪了下来。

老实人的虚伪

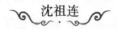

沈祖连

老四的嘴唇出奇地厚,两片加在一起,侧面看去,如同一只紫红紫红的蝴蝶趴在那里。再配上那双久睁不眨的浊眼,呆滞呆滞的。你要是同他相对象,准吹。

不过,他也并没一辈子打光棍,二十七岁上也就结了婚。猪八戒都有人看得上,自然也有看上他的人。

他看起来又呆又憨,他那厚嘴唇,那呆滞眼,就像一本书,一本写着"老实"二字的书,只要一看,就能读懂。

小孩子爱他的老实。只要他在,他们就跟他恶作剧,给他装狗尾。有时把他的鞋子藏起来,他便扭动着笨拙的身子去找,嘴里还会不断地发出一个音节:"唔?唔?"小孩们自然乐在一边。

女工们欺他老实,粗活儿、重活儿、脏活儿总推给他去干。他也听话。他有的是气力,他也不吝啬气力,反正不出也留不住的。于是,逢着搞清洁什么的,他总是拉大车、搬砖石,别人一拉二推三个人的活儿,他常常是一个人就干了。

领导们更是爱他的老实。每逢值夜班,一时抓不到人,就想到他:"老四老实,叫他吧。"他也随叫随到。分戏票,有时分完了,少一两张,他们就减了他的,反正他不会提意见。不过,他为此挨了老婆不少的骂:"你真是泥肠石

肚木头肝泡沫的肺,一根肠子直到底,上面倒米,下边流粥!"他也只是憨厚地笑笑。

最不能容忍的就是房子。单位的住房紧张,这是有名的,他结婚时,只分得一间小储藏室,窗子开在房顶上,冬天晴天挺暖和,可夏天热得不行。说是暂时,谁知一"暂"便"暂"了五年。好在他的那口子坚持要等分到房子才要孩子,要不,小孩入蒸笼,不成个蒸乳猪才怪。

单位在不断地盖房子,但远远未能满足需要。按年限、论需要、讲贡献,他都是理所当然的享受者,可一次下来,分完了,没有他的。领导拍拍他肩膀,叫他等下批,他就等。

下批又分了。还是不够,领导考虑其他紧缺户。反正他老实,老实人工作好做。他的名额又被别人占去了。他还是没作声,老婆却骂了三天的街,也骂了他三天。然而不顶用,她是外单位的。

他被骂急了,说:"下一批吧!"

"下批你再要不到,我就上医院做手术,这辈子不生了!"

"那可使不得!那可使不得啊!"他急了,"下批我一定能分到!"

老婆见他那副笃实劲,倒也相信了。不相信也没办法,反正这几年都是在憧憬中过下来的。

市里新调来位书记,姓孙。

这天上班,老四迟到了,整整一刻钟。班长拦住他,要扣他的奖金。他不慌不忙地说:"领导召见,也扣吗?"他从来都是不紧不慢的。

"谁召见你了?"

"我表兄。"

"哪个表兄?"

"市委孙书记呗。"

"什么?!……"

一石激起千层浪。新来的市委书记是他表兄!同事们先是一笑:"看狗不看睾,你有那么大的表兄?"不过,细细一想,也都信了——老四什么时候骗过人？

女工们也看着他笑。过后，也都相信了。

消息传到厂长耳朵里，厂长震惊了。老四老实人一个，这可了不得了——他的亲戚在当书记呢！

神奇得很，第三次分房方案提前宣布了，老四住三楼，并且是三室一厅。

他抱起妻子说："你得给我生个胖儿子了！"

妻子嗔笑着说："你想死了——耍虚伪！"

老四淡淡地笑笑，嘴唇出奇地厚，两片加在一起，侧面看去，如同一只紫红紫红的蝴蝶趴在那里……

职场百味·你若盛开，清香自来

尤丽不是个好女人

张玉玲

尤丽不是个好女人,离她远点。

这是我来到这个办公室的第三天下午。当尤丽香气袭人,风摆杨柳般从我身边走过时,叶小青斜一眼她的背影悄悄跟我说的。

叶小青坐我对面,瘦,黑,脸上有若隐若现的雀斑,谈不上漂亮不漂亮,是那种从任何一个角度看都很低调很不起眼的女人。听了那句话,我不解地看着叶小青,叶小青又瞥了一眼尤丽的背影说:"你看她那一身媚样,慢慢你就知道了。"随着叶小青的目光看过去,尤丽一袭白色长裙,裙边上缀着几朵手工布艺花,裙子是桑蚕丝的,轻轻柔柔,让她整个人看起来袅袅婷婷的,要不是叶小青说尤丽不是个好女人,我一定会认为她很美的。就是叶小青说了那句话,我依然认为尤丽很美。

尤丽真的很美。这一点完全可以从办公室男同胞亮闪闪的目光中再次被印证。真的,就连整天黑着脸的李总,在不经意间扫到她的倩影时,目光都会变得明亮起来。尤丽的气场的确非同凡响。然而,叶小青的话,让我在看尤丽时不由自主地戴上了有色眼镜,还有一个让我对尤丽印象不太好的原因就是她的冷,尤丽见人一般不打招呼,最多微笑着优雅地点下头,不像叶小青,见谁都会礼貌地问好,她的问好低调热情而有涵养,让人感觉很舒服。

后来的日子里，我再没有听到叶小青说过有关尤丽的任何事情，但我终于明白了叶小青曾经说过的那句话是因何而起的。明白了其中内幕，"尤丽不是个好女人"这句话从叶小青的嘴里说出来便显得顺理成章了。

内幕是另一位同事小安不经意间的一句话泄露出来的。小安说："叶小青和尤丽争？尤丽会和叶小青争？嗷，太不靠谱了吧！"

这样看来，公司要在两位业务骨干中选一位去北京总公司培训，培训完了直接升任业务部副经理。这件事是真的，而且被选中的两位骨干中，一位是叶小青，而另一位，毫无疑问就是尤丽了。

我悄悄地看了眼叶小青，她正在专心致志地做着一份策划，有种把一切置身事外的低调和坦然。我不禁感叹，不禁为叶小青鸣起不平来——让这样的两个人来竞争，这不明摆着的结果吗？胜者除了尤丽还能是谁？

那一刻起，我的心里对叶小青更多了一分敬意，而对尤丽，却更远了一分。真的，怎么看，都觉得她绝对不会像叶小青那样光明正大地凭借自己的实力上位。

漂亮的，又"不是好女人"的女人总是有更多的机会。这句话让许多人很无奈。

元旦前夕，考核的结果终于出来了，然而结果让人大呼意外，被选中的那个人居然是叶小青。我知道那一刻我的脸上挂着微笑——看来这世界还没有到无可救药的地步，有些时候公平还是存在的。

元旦前的总结会议上，北京总公司来了一位重要的人物，叶小青被我们的李总重点介绍给那位举足轻重的人物，然而对方却对叶小青冷漠地瞥了一眼后，就径直走向了尤丽。

天哪，色得也太明显了吧？

我非常鄙视地看着那位重要人物和站在他面前的尤丽，恶作剧地想象着能不能让老天保佑发生点什么意外，让他们这对可恶的男女出出丑。

然而想象仅仅只是想象，没有办法帮助我来打抱不平。

我非常诧异地看着那个重要的人物伸出手对尤丽做了一个请的手势，

经过李总身边时他顺带把李总也叫了出去。

…………

后来,听楼道里打扫卫生的王姐说:"唉,李总不会再回来了,你们都没有看到,当时他那脸都绿了。"

"为什么?"众同事异口同声。

王姐瞄了一眼四周,悄悄地说:"他被开除了,因为他和叶小青的丑事上面都知道了。"

"那那那……"

"那什么那?快去工作吧,可别学叶小青啊,表面一套背后一套的,为了和一个不存在的假想敌争个职位把自己都给卖了,尤丽压根就没和她争,人家是总公司高薪从国外聘请的高管,上任前主动要求到基层来'看看'的。"

突然听到身后有人说:"高管?微服私访?我们怎么从来都没有想到这一点?太悬疑了!"

那一刻我们全晕了。

大卫请客

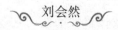

刘会然

　　大卫说过多次要请肖科长的客。肖科长却一口回绝，说："就这么点小事不值得破费，再说，大卫你的工资也不高，能省就省。"

　　对肖科长来说，这的确是小事，无非是把大卫从农村学校调到城郊的学校。可对大卫来说，却是大事啊。他的很多同事挤破脑袋并且努力数年都没有成功，大卫因为肖科长的一个电话就轻易搞定。

　　时下流行请客表达感谢之情。大卫想，不请肖科长吃上一顿，一辈子都会亏欠肖科长什么似的。

　　大卫多次邀请。肖科长多次婉拒，说不值得大卫破费。或许是被大卫的诚恳感动，肖科长答应了大卫就今天晚上赴宴。但肖科长也告诫大卫："在便宜一点的大排档就行，真的不需要你太破费了。"肖科长还特别强调："酒菜千万要简简单单，不要轰轰烈烈。"大卫学电视里刘大脑袋的口头禅回应道："必须的！"

　　大卫在"老百姓大排档"定了一个包厢，并很早就坐在包厢里等肖科长。晚上六点，肖科长准时达到包厢，跟在肖科长后面的还有一个陌生人。肖科长跟大卫介绍道，这是他在路上碰到的一位多年没见面的老朋友，"难得和老朋友见上一面，我今天就把他带来了"。肖科长问大卫："不介意吧？"大卫赶紧回应："肖科长真把我当外人，欢迎都来不及，还会介意？再说，肖科

长的朋友不就是我大卫的朋友吗?"

和新朋友寒暄后,大卫一边招呼新朋友落座,一边吆喝服务员加菜、加碗筷。

菜很快就上来了,三个人坐在一起,大圆桌显得有点空荡荡的。

刚喝完第一轮互相敬酒,那位朋友的手机就响了起来。朋友跑出去一会儿就进了包厢。朋友进了包厢,后面还跟了两个人。朋友抱歉地说:"这两位是我高中时的老同学,他们都在外地工作,正巧来我们这里出差,我和他们很久没有见面了,本来我想单独请他们吃饭,但考虑到和肖科长,还有大卫兄弟难得见上一面,我就把他俩带来了。"朋友强调说:"今晚就算我请客好了,大卫你不要跟我争了。"

大卫急了,说:"你还真不把我当朋友了,不就增加两副碗筷吗,哪有你请客的道理?"大卫补充说:"兄弟你就不要客气了,你的老同学不就是我大卫的老同学吗?"

和新朋友寒暄后,大卫一边招呼新朋友落座,一边吆喝服务员加菜、加碗筷。

几轮互相敬酒下来,一位老同学出去接电话了。不久,这位老同学后面跟四五号人进来了。老同学对大卫说:"真不好意思,这些都是我以前一个单位的老同事,听说我在这里吃饭,都希望能见上我一面。本来我想单独请他们吃饭,但考虑到和大卫兄弟第一次见面,我就把他们带来了。"老同学强调说:"今晚就算我请客好了,大卫你不要跟我争了。"

大卫急了,说:"你还真不把我当朋友了? 兄弟你就不要客气了,你的老同事不就是我大卫的老同事吗?"

和新朋友寒暄后,大卫一边招呼新朋友落座,一边吆喝服务员加菜、加碗筷。

这样,大圆桌就满满当当地坐圆了。

又是几轮互相敬酒,不胜酒力的大卫喝得有点高了,脑袋迷迷糊糊的。

在喝酒期间,总有手机声不断地响起,也总有人不断地进进出出。

墙上的挂钟显示到了十点。

肖科长说了一句："好了。"

坐在肖科长左边位置的大卫马上站了起来,卷着大舌头说："感谢肖科长和其他朋友今晚赏脸,大家后会有期。"

大卫还坚持着送肖科长和其他朋友出了餐馆的大门。送完后,大卫马上去结账,一算竟然是五千多元。大卫笑着对老板说："你还以为我真的喝醉了,竟然忽悠我。"

老板说："没错,是五千多元。"大卫笑道："我们就一桌,花费顶多不超过两千元。"

老板嘿嘿一笑,说："大卫先生你真会开玩笑,哪里是一桌啊？其他两个包厢的人都说是你的朋友啊。"

大卫惊讶得咧开大嘴："怎么还会有两个包厢,你们难道想讹诈?"

一旁的服务员补充说："没错的,大卫先生,我都看你和他们一一握手互相称兄弟,并不断要我们加菜、加碗筷。"

大卫狠狠地拍了一下后脑勺,迷迷糊糊的脑袋霎时也清醒了。

红 痣

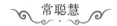

常聪慧

那颗痣殷红如豆,不偏不倚,正镶在乳沟里。

长着这样一颗痣的女人叫李小莉。

陶明透过玻璃杯趁敬酒的机会,忍不住一瞅再瞅。这颗痣的位置太有悬念,似乎一错眼就会滑进那道沟壑深处。

陶明有些醉了,今天他喝得不少,主要因为他不断护花替李小莉挡酒。

"来,小李,咱们两家公司一向关系不错,以后您还要继续关照哦。"K公司田经理摇晃着,再次走到李小莉面前。

陶明满脸含笑站起来,巧妙地横在两人之间,情势一变,二人对垒成为三国鼎立。

"田经理关照我公司才对,互利互惠,有钱大家赚,继续合作,继续合作。"于是田经理的酒糊里糊涂进了陶明的肚子里。

"小李不但年轻有为,更是大大的美女,来,我代表我们友好单位敬美女一杯。"田经理笑着,探身从桌上端起李小莉的酒杯,"陶主任,这杯酒你再替,就师出无名了啊。"

"美女可不敢当,田总这杯酒我却不敢不喝。"李小莉大大方方和田经理碰杯,一饮而尽。

一阵淡淡的幽香从李小莉身上传来,陶明晕了晕,嘿嘿笑着坐回旁边。

这是李小莉第一次与关系单位接触,陶明在心里琢磨这个李小莉到底有多大酒量。

自从李小莉进入公司,陶明就没有停止过琢磨。李小莉的背景过于扑朔迷离,没人知道她是从哪里冒出来的,一到公司就进入他们这个要害部门,都没有进行过实习,这在公司尚属首例。可是个大公司。李小莉到底是什么来路呢?工作了两个月,这个李小莉谦逊有礼,伏低做小,明明就是刚出校门脸蛋不错的菜妞。

越神秘,越让人忌惮。

李小莉坐下时,扭头冲陶明点头笑笑以示感谢,如果不是眼花,那粒痣似乎随之在胸前微微颤动,像一粒珠子,正等人采摘。陶明挂在脸上的笑容在醉意里发酵。他凑向李小莉,悄声说:"别喝多了。"

李小莉巧笑嫣然地举举酒杯,说:"谢谢陶主任,您辛苦了,敬您,以后工作上还要多多帮我啊。"

陶明连道客气,推辞中目光好像受了蛊惑,老瞟向那粒红痣。今天天热,李小莉穿了件黑色低领打底衫,这是陶明第一次发现李小莉这个部位竟然长着这么一颗诱人的红痣。

K公司和单位同事全在兴致浓处。不断有人来向李小莉敬酒,李小莉也不时给人敬酒,李小莉戴着那粒红色的佩玉像一只蝴蝶,翩翩地飞落,又高高地飞起,起落间撩起一层又一层的细浪,一次又一次柔软地漫过邻桌的陶明。"我可千万别喝多了。"陶明在心里告诫自己。

谁都知道他们这个部门有些财路,莫非李小莉是某领导派来的卧底?当务之急要弄清这个李小莉的底细。陶明一面在心里盘算,一面殷勤地照顾李小莉,被人说成会放电的双眼始终不离李小莉左右。

李小莉的脸慢慢红了起来,在陶明的关注中神情扭捏,下意识地伸手往上抻领角,说话时瞟陶明的眼神扑扑闪闪,像蜂鸟身上不停抖动的翅膀。她微有醉意脸色酡红,像盛开的桃花,与胸前那颗红痣交相辉映一起燃烧。陶明晕晕乎乎地对自己说:"我可不能醉了。"

"陶主任,明天那笔订单能不能让我试试?"李小莉双手捧着酒杯,送到陶明眼前,"我来这么久了,为公司一点儿贡献也没做,觉得心里很不安呀。"

陶明有些为难,这笔订单非同小可,只有他身边的核心人员才能参与,这关系几位老总的财路。

李小莉水汪汪的眼神浸在水晶杯里,混合着白酒晃啊晃,把陶明晃迷了。

"我再考虑考虑。"陶明嘴里这么说,却痛痛快快将李小莉杯中的酒一饮而尽,"小李,好好干,有你出人头地的那一天。"他像对自己人那样嘱咐。

散场时,陶明佯作无意将手搭在李小莉后背上,关切地问她怎么走。

一道寒光迎面砍来,马上又倏忽不见,陶明怀疑是自己眼花,仔细打量,李小莉脸色未变继续微笑着,她轻声说,有人接。

来接李小莉的车已经停在酒店门外,陶明一看车号,一桶冷水浇下来,酒醒了。他恨不得自己没长那只手。

李小莉紧走几步,摆手道别,街灯下,那粒红痣闪闪发光。这下陶明看清楚了,咳,哪里是红痣,明明是颗冷艳的红玛瑙。还好他没有下手。

认 错

乔 迁

老张上火了。一股急火，一嘴燎泡，他刺溜刺溜地吸气，想减轻一下疼痛，却不行，还是干干地疼。老婆把晚饭端上桌，招呼老张吃，老张嗖地把嘴捂上了，望着饭桌露出惊骇之色。老婆嘴一撇："完蛋样儿，多大个事儿呀！不就上个镜吗！有什么了不起的！"

老张嘴咧成一条缝，用嗓子眼儿说："这镜能上吗？开会时睡觉，这镜头让局长看到，今后啥好事也别想了。"

老婆乜斜着眼问："你确信自己被录进去了？你开会时睡什么觉啊！"

老张就没好气地说："录像是一排排扫过去的，我跑得了吗！为什么睡觉？你说为什么睡觉？你爹中午来了我能不陪着喝点吗！"

老婆眼睛一瞪："陪老丈人喝点酒不应该呀？"

老张连忙说："应该！应该！对呀，我应该现在去找局长认错呀，局长的老丈人来了，局长晚间一定陪他喝酒的。这时认错，局长可能就原谅我了呢！"

老婆听明白了老张的意思，哼了一声说："看来你们局长也怕老婆的。还不快去？"

老张连忙奔向了局长家。

一进局长家，就看到局长和老丈人在喝酒，老张心里顿时踏实了不少。

局长看是老张，就招呼老张一起喝酒。老张指指自己嘴上的泡，摆手摇头。局长就关切地问老张："咋了？咋上这么大的火呢？上午看你还好好的呢！"

老张就咧着嘴说："局长，我是来跟您认错的，您批评我吧！"

局长就望着老张："认错？怎么了？什么错误弄得一嘴泡？"

老张说："下午去参加县政府召开的机关干部大会时我睡着了，电视台录像时录进去了，播新闻时一定能看到的，我影响了咱们局的形象，丢咱局脸了啊！"

局长立刻沉了脸，不悦地说："老张啊，你怎么能开会时睡觉呢！"

老张望一眼局长的老丈人说："我中午喝了点酒，我岳父中午来了，我不好不陪着喝点的。"

局长就看了一眼老丈人，脸上浮起笑说："算了，也不是什么大错，可以理解。再开会时注意点就行了。"

老张心里就踏实了，嘴上却说："局长啊，我真不该陪岳父喝酒啊！"

局长立刻说道："老张，怎么能这么说话呢！怎么能不陪岳父喝酒呢！酒该喝得喝，老人嘛，就喜欢让人陪着喝点酒的。没事，我有时开会也睡着了呢，避免不了的。就这点小事儿，你至于上那么大的火吗！来，喝点。"

老张连忙站起身说："不了，不了，嘴疼。局长能原谅我就好，我回去了。"

老张回到家，一进门就高兴地冲老婆喊道："给我倒杯酒，消消炎。"

喝了酒的老张很惬意地倚靠在沙发上，眼睛一眨不眨地盯着电视。本县新闻开始了，老张想看看自己开会睡着了的样子。有谁看到过自己睡着时的样子呢？没有。更何况是开会睡着的样子。老张都觉得这次上镜十分有纪念意义了。新闻开始播报老张参加并睡着的会议了，一个又一个会议画面在屏幕上闪现，老张激动地紧盯着屏幕。可一直到播报完毕，也没见着自己睡着的画面，老张心里就空落落的，望着屏幕直发呆。

电话突然响了，老张从呆怔中回过神，抓起电话，是局长打来的。局长的声音有些气急败坏，局长说："老张你什么意思？你在哪儿睡觉了？你跑我家来当着我老丈人面给我认错,你什么意思? 你闲着没事逗我玩儿是吧!"

老张脑门子就噌地一层汗,忙说:"局长,我真睡着了啊! 开会时我真睡着了啊……"局长啪的一声挂断了电话。

老张放下电话就往电视台打,打通了,老张冲着电话就喊:"我开会时睡觉的镜头你们怎么没播?"

电视台的人说:"你谁呀?"

老张说:"我是老张。"

电视台的人不认识,问:"哪个老张? 什么开会睡觉镜头没播?"

老张说:"下午开会时我睡着了,你们电视台录像时录进去了,怎么没播呀!"

电视台的人立刻恼火地说:"你有病吧! 那么严肃的会议,睡觉镜头不得剪掉吗? 你什么意思? 你哪单位的? 我找你们单位领导。"

老张手一抖,连忙扣了电话,缓缓地瘫倒在沙发上。老婆从厨房收拾完进来,看看瘫软在沙发上的老张,问:"怎么了? 刚才还活蹦乱跳的呢!"

老张有气无力痛恨不已地说:"我睡觉的镜头被删掉了啊!"

老婆忙过来摸老张的额头,诧异地说:"没发烧啊!"

线 人

杨崇德

　　易锦鹏从校门口走出来,发现交警正在指挥人拖他的车。易锦鹏跑过去,问:"这是干什么?"交警说:"是不是你的车?"易锦鹏说:"是的,怎么了?"交警说:"把驾照给我看看。"易锦鹏从背包里翻出驾照,交给交警。交警瞟了一眼易锦鹏,又瞟了一眼驾照上的照片,然后收起驾照,插入口袋。易锦鹏说:"这到底是怎么了?"交警说:"还怎么了! 这里不准停车,你不知道吗?"交警指着树叶下面那个"禁止停车"的标志说:"明明这里不允许停车,你偏要停,下午到交警大队来取车吧。"交警跳进拖车,朝易锦鹏瞪了一眼,然后拖着易锦鹏的车,开走了。

　　易锦鹏这辆车是他花了两万多元,从朋友手里买的,也值不了几个钱。但问题是,没有这辆车,易锦鹏无法按时将孩子送到学校。孩子正在读高二,家又住得远,他离不开这辆车。

　　易锦鹏一路骂着脏话,前来上班。同事霍元彪跟在后面。霍元彪见易锦鹏手里既没拿手机,耳朵上也没挂耳机线,非常吃惊地说:"锦鹏,原来你真的不在打电话,你一个人自言自语,到底跟谁说话呢?"易锦鹏停止了骂,然后将事情的经过一五一十告诉给霍元彪。霍元彪说:"找麻方平!"易锦鹏说:"哪个麻方平?"霍元彪说:"就是管食堂采购的那个高个子。"易锦鹏说:"嘴巴有点翘,脖子戴金项链,经常穿花格子衬衣的那个?"霍元彪说:"是

162

的,就是他!"易锦鹏说:"找他有什么用?"霍元彪说:"哎呀,你不知道? 你可千万不要小看了那个麻方平,他的能耐可大了! 上次东星分局的李正良副局长被检察院弄去了,他一出面,就摆平了。你找找他,他肯定熟悉公检法。"

易锦鹏在办公室打了个转,来到食堂,问几个正在收盘子的服务员。她们告诉易锦鹏,采购部在当头那间小办公室。易锦鹏找到那个肥肥胖胖的食堂采购员,那人告诉易锦鹏说:"麻总很少来,你打他电话吧。"易锦鹏抄了麻方平的号码,在楼梯拐角处终于打通了。易锦鹏说:"麻总,你好,你现在在哪儿?"易锦鹏想调整一下自己虔诚的心态,继续解释。麻方平说:"是业管处的易锦鹏,对吧?"易锦鹏非常震惊地说:"是的,是的。"易锦鹏不敢相信这个麻方平竟然一下子听出是他! 说实话,这么多年来,易锦鹏和麻方平正面接触不超过两次,也从未通过电话,可麻方平竟然一下子就听出了他是易锦鹏,而且知道他是业管处的! 易锦鹏调整到业管处工作不过一个星期,他竟然也知道! 麻方平说:"是不是为你那辆破车的事?"易锦鹏更加吃惊了,说:"你怎么知道?"麻方平说:"这点小事也能瞒得过我?"易锦鹏说:"是这样的。"易锦鹏紧接着又说:"麻总,你现在在哪儿?"麻总说:"不要问我在哪儿,你下午去提车就是了,没事的。"易锦鹏是个讲感情的人,他一定要面见这个危难之中见真情的麻总。

易锦鹏很快就赶到了绿茵阁茶楼。

麻方平正和几个人在靠北的窗户边喝早茶。麻方平一见到易锦鹏就说:"你不需要来的,那点小事,你直接去就是了。"易锦鹏脸上堆着笑,从怀里掏出一条烟,递过去。麻方平说:"易锦鹏,你这就见外了! 告诉你吧,如果是其他人,就是送我五条烟,我也不会揽这种破事的,但你易锦鹏除外。我不仅要揽,而且不求任何回报,你知道吗?"易锦鹏说:"谢谢,谢谢麻总!"麻总拍了拍左边那个朋友的肩膀,指着易锦鹏说:"我这个兄弟,非常有才,我们局提拔了好几次人,他都不沾边,太可惜了!"易锦鹏惊讶地说:"麻总,你过奖了。"麻总说:"不是过奖呢,是事实。我问你,你是不是 1990 年就当

了科长?"易锦鹏说:"是的,那是过去的事。"麻总说:"你是不是在清华大学读了研究生?"易锦鹏说:"是的,那是过去的事。"麻总说:"我虽然对业务一窍不通,但我知道你所从事的那块业务,在全国系统中有点名气。"易锦鹏满脸堆着笑,不知怎么回答。麻总说:"广东分局是不是请你过去了几个月?"易锦鹏说:"是的,那是总局把我叫过去的,协助那边的工作。"麻总说:"天津分局是不是也请了你好几次?"易锦鹏说:"是的,那是天津分局局长点了我的名,要我过去帮帮他们。"麻总说:"蔡副局长、郭副局长、刘副局长的讲话材料,是不是你写的?"易锦鹏说:"是的,那是我的工作。"麻总说:"上次发在国务院内参上的那篇调研报告是不是你写的?"易锦鹏说:"是的,怎么了?"麻总说:"太可惜了。都提拔了,可你一直不沾边,我真搞不懂。"易锦鹏不知如何回答是好。麻总说:"锦鹏,我来介绍一下,这位是反贪局的兄弟,姓王;这位是检察院的兄弟,姓刘;这位是公安局的兄弟,姓马;那位是审计局的兄弟,姓吕。"易锦鹏一一和那几位兄弟握了握手。公安局的兄弟说:"我已经联系好了,你现在就可以去提车。"易锦鹏感动得急忙要撒那条烟。麻总说:"锦鹏,你不要这样,这烟哪里买的退哪里去,如果他不肯退,我叫他给你十条,你就这样对他说。"易锦鹏还想说什么,手机响了。处长打来电话,要他马上回去给蔡副局长写一个讲话材料。蔡副局长又准备开会了。

麻总说:"锦鹏,你去吧。"

易锦鹏诚惶诚恐。

望着易锦鹏离去的身影,麻总说:"一个单位总得有这么两个像他这样的人,否则,这个单位就真的乱套了!"

那几个喝早茶的兄弟笑眯眯地说:"是的,是这样的。"

出色的业务员

李 威

那天，在赶往城外的路上，我在我住的那栋公寓楼前，也就是在曼哈顿区的第六十四街与第一街的交叉口处，匆匆忙忙地拦下了一辆出租车。"到肯尼迪机场。"我告诉司机。

当我在出租车的后座舒适地落座之后，那位在纽约几乎就见不到的非常友善的司机开始和我攀谈起来。

"您住的这栋公寓楼可真漂亮。"他说。

"嗯，是的。"我心不在焉地答道。

"您在这儿住很长时间了吗？"

"哦，不。"

"我敢打赌您的储藏室一定很小！"他以一种很有把握的口气说道。

听他这么一说，我顿时来了兴趣。

"是的，你说得不错，"我答道，"它确实很小。"

"那您有没听说过给储藏室进行改装这样的事呢？"他问道。

"是的，我想我曾经在报纸上看过这方面的广告或者其他有关这方面的报道。"

"其实，开出租车只是我的业余工作，"他说，"我真正的工作就是为客户改装储藏室，为他们在储藏室里装上架子或者抽屉，或按照客户的要求为他

们重新设计改装,以充分而有效地利用储藏室的空间。"

接着,他问我有没有想过对家里的储藏室进行改装。

"这我倒没想过,"我答道,"不过,我确实希望储藏室的空间能再大一点儿。我听说还有一家公司也在做储藏室的设计改装生意,好像叫加州什么什么公司的。"

"哦,您说的是加州储藏室设计改装公司吧?在我们这一行里,他们确实是一家大公司。不过,他们能做的,我也一样能做,而且价钱要便宜得多。"

"哦?真的吗?"

"当然啦!"他说。之后,这位出租车司机详细地解释了专业的储藏室设计改装公司之间的区别,还告诉了我那些专业的储藏室设计改装公司究竟是如何运作的。最后,他说:"这样吧,如果您不信的话,您可以打电话给加州储藏室设计改装公司,说您需要对储藏室进行改装,他们会派人到您家里进行估价。等他们估好价之后,您要做的就是,让他们留一份设计图给您。他们肯定不会同意的。不过,如果您告诉他们,说您需要把设计图给女朋友或者妻子看,以征求意见的话,他们则会给您一份设计图。然后,您打电话给我,我保证可以和他们做的一样,而且,只收您百分之七十的钱。"

"哦,这听起来真是太有趣了。"我说,"给你,这是我的名片。如果你愿意光临我的办公室的话,我想我们可以好好谈一谈。"

我一边说,一边把我的名片递给了他。而他接过名片一看,突然转动方向盘,差点把车开下了公路。

"哦,上帝,"他惊叫道,"您就是尼尔·鲍尔特!加州储藏室设计改装公司的创始人!我曾经在电视上看见过您,当初就是因为觉得您的计划和想法非常好,我才做起这一行的。"

他一边说着一边从后视镜里仔细地打量着我。"我刚才就应该认出您的。唉,我真是……真对不起,鲍尔特先生,我刚才的意思并不是说你们公司的价格太贵,也不是说……"

"哦,别激动,"我说,"我很喜欢你这种风格。你非常聪明,而且非常有进取心,我很欣赏这一点。你知道凡是坐你车的乘客都是你最忠实的听众,因为他们不得不听你的宣传,而你也正好充分利用这个有利条件。说实在的,这样做确实需要很大的勇气。为什么不来找我呢?我们可以好好谈一谈,看看能不能让你成为我们公司的业务员。"

　　不必多说,他肯定到我们公司来工作了。不仅如此,他还成了我们加州储藏室设计改装公司最优秀的业务员之一!

送一朵大花

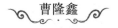

曹隆鑫

我去找小米,小米在打电话,打电话的小米声音甜甜的,甜甜的声音真好听。

我说:"小米你看我的手。"我两手空空的一点都不好看,可我就那么往空中一抓,我的手上就多了一朵玫瑰花。我说:"小米,我送你一朵玫瑰花。"

小米倚在电话机旁咯咯地笑,小米说:"杨总你真行。"

小米是我的秘书。

本来我不打算招秘书的,可田伟说:"就目前公司的水准,你一个老总,怎么好意思没有秘书呢?"

秘书也是公司的一张牌,打得出,打得响,说到底,就是为公司赢利。

赢利的事情,我当然会考虑。

后来就有了小米。

田伟说,小米好像不怎么样。

怎么会不怎么样呢? 懂英语,懂日语,懂韩语,还能弹一手好钢琴。

"哈罗,"小米说,"先生,请允许我为您弹一支钢琴曲。"

一曲终了,外商紧握小米的手,连称 OK。

合同也就签了。

那天,和小米在一起,不知不觉就喝多了。

和小米在一起喝酒的感觉真好。

我都觉得自己年轻了十岁。

酒杯里全是小米，眼睛里也全是小米，我要吃一口小米。

田伟这时候就进来了，田伟说："真巧，你们也在这儿啊。"

田伟端着酒杯，轻轻地和我碰了一下，又轻轻地和小米碰了一下。

田伟没有要走的意思。田伟站在小米身边，我突然悲哀地发现我比田伟苍老了整整十二岁。

我说："喝喝喝。"

田伟说我醉了，要扶我回去。

田伟扶我左边，小米扶我右边。

我拼命甩动着左边的手，我说："我没醉我没有醉。"

我使劲扬起右边的手，我右边的手努力地寻找着一个温暖的支点，我说："小米小米，我给你变朵玫瑰花。"

醒来，嘴里苦苦的。

放了音乐，喝了咖啡，想打个电话给小米。

电话铃声突然响了，是田伟打进来的。

我不想接，我不愿接，我任那电话铃声响着。

今天是星期天。

我给小米打电话，我说："小米你有空吗?"

小米说："我在公司啊，公司出了一点事，田伟也在公司。"

我才知道昨天的酒喝多了。

好在还有田伟，还有小米。

我要请小米还有田伟一起去喝杯酒。

我说："谢谢你们。"

小米咯咯地笑，小米说："昨天喝得多了，头现在还晕着呢。"

小米又轻轻地说："昨天多亏了田伟送我回家。"

那又是谁把我送回家的?

我醉得太深了。

我敲敲脑壳,我说:"改日改日,改日一定好好地请请你们。"

田伟轻轻地笑,小米也在轻轻地笑。

我一连称了他们两次"你们"。

我知道自己还醉着。

一个公司的老总一直没能够从醉酒中醒来,那会怎么样呢?

我不愿失去田伟,公司大半是靠田伟打理的。

我也不愿失去小米。

我去找小米,小米正在打电话,打电话的小米声音甜甜的,甜甜的声音真好听。

我说:"小米你看我的手。"我两手空空的一点都不好看,可我的手就那么往空中一抓,我的手上就多出了一朵玫瑰花。我说:"小米,我送你一朵玫瑰花。"

小米一怔,我看见小米微微地一怔。

玫瑰花还轻轻地握在我的手里。

我说:"小米你怎么还不接啊,这是我代表公司送你的一朵玫瑰花,告诉我,什么时候请我喝喜酒啊?"

小米笑了。小米说:"急什么啊杨总,说到底你还欠着我俩一杯酒呢!"

小米接过玫瑰花,深深地一闻。

"真香。"小米说。

铜豌豆

白云朵

审计工作刚完毕,老总又给我编派任务了:"许,那个养老院的可行性报告抓紧赶出来!"我能说不吗?

从公司资料室出来时,我把气出在这一本厚厚的有着精美插图的资料书上,做摔书状,边走边自言自语:"整天把人支来支去的,这日子没法过下去了!"

曹从过道里迎面过来,撞见了我,说:"亲爱的,你在嘀咕什么?"

曹是人事部经理,是个年近五十但总跟谭咏麟一样说自己永远是二十五的男人。他这个人的嗜好就是揩油。他会突然在女孩子的脸上、胳膊上、屁股上偷偷摸上一把。似乎这样做,他立马能长出肉来,可也不见他长什么肉,还是瘦精精的。

我被曹一吓,下意识地就看到了曹那对起腻的眼睛。有同事跟我打趣说曹是个骚包,我当时就极赞同,我一个劲儿地说:"是哩,是哩。"

我用同样起腻的眼睛看着他,我说:"哎呀,曹,你眼睛里有眼屎。"曹当真去揉他的眼睛。这时,我高跟鞋的"咚咚"声早响在他的身后了。我不无快意地掩书而笑。

我坐到位置上,翻起了手中的资料书。

这是本有关日本如何办养老机构的配有图片的资料书,画页上净是些

老态龙钟、目光呆滞的老人。我突然把图片里的每个老男人都想成是曹。看见那个有扶手的坐便器，我就幻想着曹颤颤巍巍地跨上去的样子；看见工作人员给老人洗澡，我就想象成曹木然地张开双臂任由工作人员揩来揩去；看到老人们像小朋友一样围坐在矮桌前，每人跟前只有一个小碗时，我就不无开心地说，吃呀吃呀，你再大口大口地吃肉给我看呀。

整个上午，我一直沉浸在把曹丑化的快感中，并时不时地在心里说："曹啊曹，我看你老成这样子了，还拿什么力气去拧女孩子的脸蛋和屁股蛋儿，我看你怎么永远二十五。"我一脸坏笑。

正当我笑得诡异时，电话铃响了。巴士公司的电话。

听了好一会儿才听明白电话是打给曹的，打电话的是巴士公司的女售票员，搞不懂怎么会转到总经理办公室来了。

女售票员一听我是总经理助理，近乎哀求地要我向曹求情，求曹放过她。她说她知错了。我一头雾水。但我还是答应了她，我最见不得别人哭。

去曹的办公室时，曹正好在口吐白沫："怎么怎么怎么……"

原来，早上坐公交车时，售票员要多收曹五毛钱，曹袖子一捋说："我一向付两块五的，怎么到你手里要三块了？"售票员白了曹一眼说："你天天逃五角钱的票，还好意思讲出来，亏你还算是个男人。"曹最忌讳别人说他不是男人。"我咋不算男人了？要不让你看看？"曹当下就要解皮带，气得售票员连骂了曹三声"老流氓"。车子上的乘客都齐刷刷地盯着曹看。"看什么看！"曹又是吹胡子又是瞪眼睛的。

曹下了车还不解气，重新跨上车，拍了拍售票员的票盒子说："等着，我叫你哭。"

曹这人，岂是那售票员可以惹的？他别的能耐没，就是能弄事。这几年的人事干部不是白当的。

我跟曹说："曹，算了，得饶人处且饶人。"

曹差点没跳起来："怎么就算了？怎么就算了？你没看到她当着那么多人说我不是男人，啊，我不是男人吗？"

我说："要不，你捏捏我手臂，你捏一捏我，就知道你是不是男人了。"说罢我把自己的手臂伸过去。

曹当真在我手臂上捏了一把，还得意地拧了一下，疼得我嘴咧到耳朵根。

我说："消气了吧。那女的也可怜，孩子还在念小学，老公又下岗，你就高抬贵手放过她算了。"

经我这么一说，曹口气便软了下来，他说："我主要是咽不下这口气。算了算了，不跟这女人一般见识了。"

其实，曹很多时候不怎么讨人厌的。

我说："这才是曹，待会儿我给你大碗吃肉，我让你坐到大桌子旁吃，不，你比谭咏麟还要年轻。"

曹挠着头皮看着我："你说的，我怎么一句也听不明白？"

我笑着跑开了。

过后不久，巴士公司的女售票员再次打来电话，千谢万谢。

事情是解决了，但整个下午曹的嘴巴一刻未消停。

这不，又来了。

还没推开玻璃门，我就已看到他的嘴在玻璃门外一张一合，像金鱼的嘴一样，肯定在唱歌："十八岁的哥哥呀想把军来参……"过道里碰头他在唱，上休息室喝茶他在唱，有时在女洗手间也能听到隔壁他在唱。

我说："曹，你是蒸不烂煮不熟捶不扁炒不爆的铜豌豆。"

第十条棉被

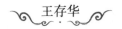

王存华

　　青藏高原碧蓝的天空下,高高的铁塔银线交织,银线上工人忙碌的身影,像五线谱上高高低低的音符。这些小小的"音符",每隔一个小时就要从银线上被撤换下来休息,休息的主要内容是吸氧。

　　输氧的软管就放在塔架休息平台上,随行医护肖燕将吸氧的软管递给一个身材瘦削的年轻人:"小猴子,今天感觉怎么样?"

　　小猴子疲惫地点点头,没有说话,将软管塞进嘴里大口吸着。小猴子留着板寸,额前有几缕长长的刘海儿,被挑染成金黄的颜色,瘦高个儿,略有些驼背,一双大眼睛长在窄脸上大得有些不成比例。肖燕负责的这个施工队共有十名队员,小猴子是队里最小的。刚来高原的时候,小猴子每天早晨都要流鼻血,为给他调理身体,肖燕可没少费劲。小猴子稍有不舒服就跑到肖燕那里做检查,每一次检查都会有惊喜,这让整天缩肩垂目打不起精神的小猴子渐渐挺起了胸膛。

　　伴随着铁塔越架越高,线路越架越长,小猴子的高原反应竟然渐渐消失了。但肖燕仍对他不是很放心,每当他从铁塔上下来,她都会关心一下他有没有胸闷或者呕吐,时间久了就简化为一句"感觉怎么样",小猴子也由原来的"还好"和"没事儿"简化为点头,这似乎成为两个人的默契。小猴子曾经奇怪地问过肖燕,他们这些大老爷们儿在高原上都感觉不适,肖燕一个姑娘家怎么就一点事都没有？肖燕告诉他，自己从小就长在高原，这里的严寒、多风、缺氧对她来说根本就不算什么，习惯成自然。

高原上最让人恐惧的是低气压、缺氧、寒冷和由此引发的一系列高原病。作为医护人员，肖燕深深知道自己肩上的责任。十一月的藏北高原，是气候条件最恶劣的时段，施工队要在两个月内完成二十七基沼泽地冻土基础施工任务，为此，肖燕心里始终绷着一根弦。这天十八时，肖燕收到在气象台工作的朋友发来的短信，告诉她当晚降温幅度有可能达到二十度。

猛降二十度，太可怕了！必须为大家加棉被才行。肖燕赶紧向项目部汇报，但她知道等项目部统一购置肯定是来不及了，只能自己想办法联系亲朋临时支援，能凑多少是多少。

当天晚上，大家支援过来的棉被陆续到了，肖燕开心地数着棉被。妈妈心疼肖燕，还特地将一条鸭绒被子送了过来。那条鸭绒被妈妈一直舍不得盖，那是爸爸留给妈妈的唯一纪念。肖燕将鸭绒被抱在怀里，眼里泛起泪花。她想父亲了。当年，父亲和他的战友将生命和热血洒在这片土地上，架起一条通往藏区的公路，而今她又踏着父亲当年的脚印，和施工队一起，在这片热土上架起一条电力天路。

当晚果然降温了，天空零零星星飘起雪花，寒风刺骨，滴水成冰，队员们却非常兴奋。大家躺在温暖的被窝里谈论着第二天的工程，谈论着项目部的关心和体贴——晚上特意为他们炖了牛排，还及时送来了棉被。小猴子分到一条带有卡通猫图案的漂亮被子，被子上有淡淡的香水味，这香味甜甜的、暖暖的，有种熟悉又亲切的味道。小猴子把头蒙在被子里，一夜无梦。

第二天上工，小猴子发现肖燕竟然没有来。平时她总是早早赶到工地，随身携带着医疗设备。小猴子突然想起什么，脸色"唰"一下变白了。他放下手里的工具飞快地冲向肖燕的宿舍，敲了半天门也没有人答应。小猴子急了，那一刻，瘦弱的他力气大得惊人，竟一脚踹开了宿舍的门，眼前的一幕让他心里蓦然一痛：肖燕趴在桌子上睡着了，长发一直垂到地上，她的手里还握着水杯。那张靠墙的小床上，被子不见了，只有一个带卡通猫图案的

枕头。

"肖医生,你醒醒啊!"小猴子带着哭腔大声嚷。肖燕依旧紧闭着双眼,呼吸急促,脸色发红。

"来人哪,快去叫医生,快叫医生来啊!"小猴子大声叫喊。医生很快到了。肖燕患了急性肺炎,需要住院治疗。当大家得知肖燕当晚只凑了九条棉被,第十条棉被是她自用的棉被时,大家都说:"这可真是个傻姑娘啊。真是的,怎么这么傻呢?"

他们嘴里埋怨她傻,但是眼睛就是酸酸的,不好受,嗓子就是哽哽的,说不出一句完整的话。而心里呢,却有一团火在烧,烧得人全身上下都热烘烘的,烧得那沼泽地冻土都变软了。一直到二十七基沼泽地冻土基础施工任务全部完成,那团火都还没有熄灭。

牛人老马

张爱国

　　那天和几个老同学在一家小饭店吃饭，大志说老马离婚了。我不由得感叹起老马的不幸："四十岁的人了，一个小单位的办事员，老实得三榔头砸不出一个屁来，身体又不好，一直靠老婆里里外外操持，现在成了一个人，日子还咋过？"

　　晚上，我们决定请老马吃饭，安慰安慰他。打过电话好一会儿，老马才来到，风风火火的，一进门就掏出一盒大中华，一边发烟一边说："哥们儿久等了，兄弟我忙，实在忙……"看着西装革履、意气风发的老马，我们傻眼了。老马看了看饭店，皱了眉，说："走，换一家！"然后拉起我们就走。

　　"听说你和李淼……"刚到一家大酒店坐下我就说，"不是真的吧？"

　　"离了！上个月。"老马若无其事地说。

　　"咋就离了？"

　　"不合适呗。你们说，现在衡量成功男人的标准是啥？"

　　见众人摇头，老马不屑地说："很简单，离婚了吗？几次啊？"

　　"是你主动的？"

　　"还以为哥们儿被踹了啊？"老马有些不高兴，"她先是哭死哭活不同意，直到我给她在巴黎风苑弄了一套房子……"

　　毕竟混在官场上，老马一定是借得了啥风。我们不由得佩服起老

177

马："牛,真牛!"

不几天,我下班后窝在沙发上看韩剧,老马的电话来了:"哥们儿,我吃官司了。"

"啥官司?"我大惊。

老马笑了:"妈的,告老子性侵犯!"

"强奸啊?"

"别说得那么难听。"老马不耐烦,"电话说不清,还是老地方,哥儿几个。"

赶到那家大酒店,老马还没到,我们就议论起这件事,一致认为老马这次肯定要倒霉。于是,我又感叹起老马的不幸,官场之花才开,就谢了。

老马来了,一人丢一盒大中华,然后收住笑:"妈的,和老子好一年了,最初说好不做夫妻,现在却缠着要和老子结婚。"

"结婚好啊,你现在正好一个人。"

"傻啊我? 我才从火坑跳出来,知道不?"老马很不屑,"我说给她补偿,她却一开口就要两百万。两百万不多啊,但我不能给。"见我们既吃惊又疑惑,老马压了压声音:"和哥们儿说也无妨,我要是给她两百万,网民一知道,我不就死翘翘了? 所以,她就告我性侵犯。美国的克大哥(克林顿)、意大利的贝勒爷(贝卢斯科尼)、国际货币基金组织的卡大叔(卡恩)都这样,你告就告吧!"

"现在呢?"

"她前脚把起诉书送到法院,后脚我一个兄弟就把起诉书送给了我。"老马两腿有节奏地晃着,"就在刚才,我把起诉书丢给她,问她小命还要不要了。她跪到我面前,认错……"

酒到一半,老马说:"哥们儿,我还有事,真有事,不陪了。你们,照死喝,单,我签了。"然后就风风火火地走了。老马走后,我们真的"照死喝",边喝边骂自己:"看老马,我们还叫人吗? 老马才叫人!"

老马让我又一次吃惊是半个月后。那天,老马给我打电话,说在我家楼下。我赶紧跑下楼，一看他有些疲惫，头发都乱糟糟的，就问他从哪里来。"纪委请去了，喝了几天咖啡，才回来。一两句说不清，老地方，哥儿几个。"他说。

到了酒店，我就急切地问老马有没有事了。"当然有事。没事纪委能找我?"老马呵呵一笑，"不过，对我来说就没事了。听说过吧? 把坐公家车的人拉出来，不管三七二十一都毙掉，十个人里最多一个冤死鬼。所以我那点事，算啥? 再说，虽然那么多人恨我，但我真进去了，他们还得一个个都救我。"

又是虚惊一场。但我们还是提醒老马注意点，尤其"双规"的事，毕竟不光彩。老马很不屑:"操，啥时代了，谁还笑这个? 就你们几个瘪三，想被'双规'，谁愿意啊?"

此后，老马又多次给我打电话，不是说郁闷着被市长大人训了一顿，就是纠结着一个大老板天天请他，或是烦死了几个女人又为他打架，等等。每次，就在我惊恐万分的时候，老马哈哈一笑，让我叫上几个哥们儿，但我都拒绝了，因为和老马在一起，太伤自尊!

那天遇到李淼，见她瘦得都没了人样，我不由得问李淼:"你一个人，过得还好吧?"

"谁一个人?"李淼疑惑地看了看我，"能咋样? 自从老马病后……唉! 一言难尽啊……"

"啥? 老马病了? 啥病? 啥时候? 现在在哪儿?"

"谁知道啥病? 就是瞎吹，瞎忽悠，瞎显摆，瞎折腾，我摆地摊赚的几个钱都被他折腾光了。"李淼说着就流泪了，"时间有半年了，跟他们领导出一次差回来就病了，昨天送精神病院了……"

绿茶美人

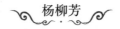

杨柳芳

方子言的绿茵茶馆就开在城市的中心。

武小妖走进来时，所有人的眼光都直了。方子言把脊背从座椅上挺起来，拿起紫砂杯呷了一口。

大家都在等武小妖说话，可是她不说。对着这些直视她的眼光，两只纤手在空中柔和地比画了很久。

方子言指指自己的嘴，再摆摆手，最后两手往外一翻，耸了耸肩。

武小妖便点了点头。

一个漂亮到极致的哑巴在一个阳光明媚的午后走进了绿茵茶馆。

宛儿吁了口气。在座的几个茶艺小姐互相看了一眼，然后露出一丝笑，这些笑连在一起，最后又汇集在方子言的脸上。方子言手里的紫砂杯在空中酝酿了一会儿，武小妖就从包里掏出一支笔和一个本子，笔迅速地在本子上舞动，几个柔美的字便涓涓而出。方子言的紫砂杯终于又回归到茶台上。

武小妖是来面试的。

武小妖留下来是自然而然的事，这是所有的茶艺小姐意料之中的，因为方子言爱美人，爱得真切。

说起武小妖的美，不得不让人叹服，就连"馆花"宛儿也自叹不如。

翩若惊鸿，婉若游龙，荣曜秋菊，华茂春松。仿佛兮若轻云之蔽月，飘摇兮若流风之回雪。远而望之，皎若太阳升朝霞；迫而察之，灼若芙蕖出渌波。

这是方子言后来对武小妖的描述。这段描述让馆里其他的茶艺小姐心里一直泛酸。虽说方子言对茶馆里的女子一直都赞赏有加，但那些诸如"肤如凝脂，面如白玉""巧笑倩兮，美目盼兮"之类的赞美，相对于武小妖的来说，简直是小巫见大巫了。

武小妖泡茶时，手势婉转，似一条游动的鱼，这条鱼忽而跳舞，忽而凝思，忽而又跃跃欲试。方子言说，品武小妖的茶，得先读懂武小妖的泡茶姿态。

武小妖成了绿茵茶馆的招牌，凡见过武小妖泡茶的顾客无不对其印象深刻。

方子言的美女情结，让宛儿有些吃不消。宛儿爱方子言，爱得有些盲目，就像方子言爱茶爱得盲目一般。方子言品茶时喜欢把茶呷在唇齿间慢慢地品味，直至茶韵慢慢地从舌尖一点一点散开，滑进喉咙里才罢休。

方子言常说，绿茶如美人，美人如绿茶。

然而，方子言爱美人爱得却不盲目，他认为，绿茶能放进唇齿间品味，而美人则不能。美人只能放在心里慢慢地品，如品一帘月色，可念而不可尝，比如武小妖，方子言绝不会因为喜欢她而去吻她，抚摸她，一点肌肤之亲他都不愿做，这是他的境界。宛儿是知道的，当宛儿无数次地要把自己的身体送给他时，他总会像逃避瘟疫一样逃之夭夭。

武小妖对于宛儿来说，既像敌人又像朋友，这取决于方子言的态度。当方子言的目光定格在武小妖身上时，宛儿的妒火便会不由自主地升腾起来，然而这股妒火往往不到几分钟便退下去。宛儿看得出来，不管武小妖有多吸引人，她在方子言心里充其量也只是一帘月色，和她宛儿是一样的。

方子言每周五会回一趟他的绿茵别墅。别墅建在市郊一处绿树葱葱的山水美地里，茶艺小姐们没有谁见过他那座私宅，宛儿却神不知鬼不觉地跟踪过一回，在她印象里，那幢别墅典雅到了极致，远远看去，像绿丛中一个温婉的女子。

宛儿对这座别墅产生了极大的好奇心。

又是一个周五,这天的阳光像钢琴上跳跃着的音符,宛儿一觉醒来,被这样的阳光感染了。她鬼使神差地来到方子言的别墅,穿过绿葱葱的树林,翻过一道铁栏栅、一面墙,继而被一池水惊住了。好大的一个人工天池呀,池水湛蓝,阳光在上面跳舞,偶尔几片落叶飘落下来,泛起一阵淡淡的涟漪。陶醉之时,她再抬眼看去,却让她眉头一紧,恨上心来,只见游泳池的远处走来一个长发飘飘的女子,这女子一举一动和武小妖如出一辙。再定睛一看,那梨花长裙不正是武小妖来茶馆面试时穿的衣服吗?

武小妖!该死的武小妖!宛儿恨不得跑上去将她撕个粉碎。她抑制住这股怒火,看着武小妖一点点走过来。走到池边时,她挽了挽长裙,轻盈地坐下,把修长的腿放进池里,双手往后一支,头微微地仰起,一张抹着浓妆的脸被阳光照得格外分明。

宛儿被这张脸吓住了。这张脸哪里是武小妖的,是方子言的脸!

一个星期后,宛儿递上了辞呈。那天,宛儿的眼睛肿得像两只鲜桃。方子言有些诧异,他把手轻轻地搭在宛儿肩上,说,宛儿,你有什么事吧?宛儿摇摇头。她看看眼前的方子言,又看看不远处的武小妖,心里忽然松了口气。宛儿想,方子言也是个绿茶美人呢。

借一步说话

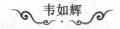

韦如辉

单位是个清水衙门，因此，大伙儿十分清闲，有事没事喜欢扎堆儿。

虽然收入不高，酒场不多，但是大伙儿在一起的时候，都觉得十分轻松十分愉快。天南地北、国际风云、明星绯闻、街谈巷议皆可成为大伙儿十分感兴趣的话题。

这样，大伙儿有意无意练就一副好口才。若是到了年终开茶话会，你一言我一语，一二三四五六说得收放自如头头是道思路清晰。本来计划一个小时的会议，必须再延长一个小时才行。

大伙儿正在扎堆儿，刘长乐轻轻敲门进来。刘长乐在学校时就专擅礼仪，做什么事都有板有眼有理有节。大伙儿谈兴正浓，似乎并没在意刘长乐的不期而至。刘长乐白皙的面庞上架一副浅色的近视镜，笑眯眯地走到人堆儿旁边，边津津有味地洗耳恭听，边不停地颔首示意，一副十分谦虚内敛的样子。刘长乐轻轻喊一声老张。老张说，长乐什么事？刘长乐用右手食指放在嘴边，轻轻地告诉老张，能不能借一步说话？

老张见他挺神秘，心想刘长乐肯定有较为私密的话跟自己说，便轻轻跟随刘长乐挤出人堆儿。

大伙儿心想，这个刘长乐，有什么话不能当面说？但是大伙儿嘴上不说，从嘴里吐出来的仍然是刚才诸如股市房市菜市的话题。

等老张返回到人堆儿里，大伙儿忍不住要问，老张，刘长乐找你什么事？

老张哈哈一笑，没什么事，没什么大事。

大伙儿心想，一定有事，只不过刘长乐不愿意说，老张也不愿意说罢了，心里便有一丝不快。

就是在这种场合，刘长乐以同样的方式，分别将老张、小王、老李、小赵等人一一找了去，并"借一步说话"。

一开始，大伙儿不理解，认为刘长乐有点故弄玄虚。后来扎堆儿也谈到刘长乐，可是大伙儿却一致表示刘长乐是个不错的人，是个有素质的人。

年底评先进，大伙儿都不约而同地投刘长乐一票，刘长乐的票高，所以年年当先进。

刚进单位那会儿，我只顾埋头工作埋头做事埋头看书，看不惯大伙儿的碌碌无为浑浑噩噩，不喜欢他们有事没事扎堆儿。评先进的时候，发现大伙儿故意疏远我，我往往就得一两票。有时仅有一票，不用说是我自己投的。我不得不和大伙儿通过扎堆儿搞好关系，没用多长时间，我口拙的毛病大有改观，与大伙儿的关系也和谐多了。

有一回，我正扎在大伙儿堆里，刘长乐双手卷起喇叭筒附在我耳朵上说，能不能借一步说话？我还是第一次被刘长乐"借一步说话"，心里咚咚敲鼓的同时，免不了涌起无比的感动。

跟随刘长乐来到楼梯口，刘长乐四下瞅瞅见没有他人，才轻轻告诉我，你下窗口开了。我一低头，果然见裤子的拉链忘了拉上，脸瞬间红得像涂了漆似的。

由此我十分感激刘长乐，觉得刘长乐没当众让我出丑，对我不错。再投票时，我不假思索地投了刘长乐的票。

大伙儿私下一致认为，刘长乐同志的群众基础很好，在科长的岗位上已打拼多年，而且年年当先进，应该进班子。

这时候，单位换了新领导，老领导到别的单位当新领导去了。

有一天，刘长乐找新领导汇报思想，正好碰到经常在一块扎堆儿的小周。当着新领导的面,刘长乐把小周召出去"借一步说话"。

新领导心里十分不悦,觉得刘长乐可能是个搬弄是非的不安定因素。

新领导正愁着三把火不知从哪儿烧起,见到刘长乐之后,就暗下决心先烧一烧他吧。

大伙儿又在一块扎堆儿,说刘长乐的科长可能干不成了,新领导已经在班子成员中开始个别酝酿了。刘长乐啊刘长乐,一朝君子一朝臣,这朝不用那朝的人,真是可惜了。

新领导正在开会,刘长乐轻轻来到新领导身边,悄悄地说,领导,借一步说话。

新领导没有拂刘长乐的面子,跟着刘长乐出去了一趟。

回到会场时,大伙儿看见新领导脸色红红的,像涂了漆一样,精神也萎靡了一半。

转眼两年过去了,刘长乐还当他的科长,评先进时仍然得高票。当然了,刘长乐同志仍然喜欢跟大伙儿"借一步说话"。

感谢一双鞋

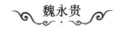

魏永贵

随着拥挤的人流走出出站口,他心想这已是他求职的第三座城市了,屡战屡败,但他还是抱着希望。现在离面试尚有一段时间,他心事重重地拖着旅行箱在车站广场上溜达。

忽然,广场护栏边一胖一瘦两个擦鞋女一起冲他喊起来:

"老板,老板,请擦鞋!

帅哥,帅哥,擦擦鞋!"

他笑了:"自己眼下不是什么老板,只是个求职的大学毕业生;自己眼下也不帅,灰头土脸的。"他看了一下自己的鞋,发现被人踩脏了。他突然决定坐下来擦擦鞋——马上要面试了,穿着这么脏的鞋很不礼貌;而且他对擦鞋女也有些同情,她们坐在这里风吹日晒的,也不容易。

他问:"擦一双鞋多少钱?"两个女人几乎同时说:"两块。"他在马扎上坐下来,把脚分别搁到两个人面前的擦鞋凳上:"你们各擦一只鞋,好不好?"

两个擦鞋女都笑了。胖女人说:"哪有这样的? 要不让她擦吧。"瘦女人说:"你坐的是她的马扎,让她擦吧。"他说:"不行,这样不公平。如果你们不按要求做,我就不擦了。"两个擦鞋女相视一笑:"好!"于是,她们各擦了一只鞋。

鞋擦亮了,他似乎精神了许多,转身把旅行箱寄存在火车站寄存处,然后大步登上了通往目的地的公交车。

他准时参加了面试，过关斩将，最终被录取试用。

下午，他兴冲冲地去火车站取旅行箱。他本来做好了最坏的打算：带着旅行箱离开这座城市，而现在，他要取回旅行箱去宿舍。路过广场，他又看见了那两个擦鞋女。

他想起了宣布录取结果后主管跟他单独谈话的一幕。

主管盯着他说："你今天能被录取，知道要感谢什么吗？"

他说："感谢您和面试老师。"

主管说："不，要感谢你的鞋子。"

感谢鞋子？他愣了。

主管说："你不比你前面那一位更优秀，但是我们选择了你——因为你的鞋子比他的亮。知道为什么吗？"

他说："你们不是以貌取人吧？"

主管笑了："我们确实是'以貌取人'。一个连自己的衣着也不在乎的人，是不会在乎工作质量甚至人生质量的。至少，擦亮一双鞋，是对自己和别人的尊重，也是一种自信！"

这么说，他早晨擦鞋是正确的，他要感谢的人是那两个擦鞋女。

他又一次坐在马扎上。

胖女人认出了他："哟，你不会是又要我们各擦一只鞋吧？"

他笑了："早晨你们各擦一只鞋，现在我想请你们再各擦一只，这样你们就都完整地擦了一双鞋。怎么样？"

瘦女人说："好。"

然而，当两个女人就要开始擦时，他却突然把脚缩了回去。

胖女人说："你改变主意了？"

他说："你们俩互换一下位子。"

瘦女人说："为什么？"

他指着瘦女人说："早晨我记得你擦的是我的左脚上的鞋，现在你还准

备擦我左脚上的鞋,所以,你们等于还是没有擦一双鞋,擦的是同一只鞋。"

两个女人哈哈笑了。瘦女人说:"你这个人太有意思了。好,我们换。"

于是,两个女人互换了位子,他把两只脚伸了过去。随着两只鞋的变亮,他的心头扑满了阳光。

丁老板

张学荣

丁老板原先是国营宾馆的副经理,也算个响当当的国家干部,吃香的喝辣的,穿着考究,仪表堂堂,整天威严地倒背双手,这里看看,那里瞅瞅,时不时对职工们指手画脚一番。

可是,宾馆的经济效益总是上不去。后来,一个外地老板买下国营宾馆。宾馆改制了,职工买断工龄,都成了"社会人"。

外地老板需要留用一批职工。想留下的,个个争着报名、填表。丁老板没有报名,也未填表,收拾收拾办公桌,回家了。

在家关上门,蒙头大睡几天,度过苦闷期,调整好了心态。然后,上街转悠。这也是考察市场。溜达到老城区,见老字号饭店云轩斋门口贴着一张转租告示,便踱了进去。

后来,几经谈判,盘下了云轩斋,更名为得月楼。

经过一段时间的筹备,得月楼隆重开张了。与别的饭店不同的是,得月楼使用的店员大多是下岗工人。

丁老板制定了一整套严格的管理制度,对员工要求特别严厉,该奖则奖,该罚则罚,每个月还扣下每人二百元,作为押金。

员工们牢骚满腹,极为不满,尤其对扣押金之举,十分不理解。干得好就奖励,表现差就处罚呗,干吗无缘无故扣工资?

一天上午,厨师们忙着备菜,磨刀霍霍,砧板咚咚,盘勺叮当。厨房里一派忙忙碌碌,热气腾腾。王三是红案师傅,在忙着切肉配菜,因为没吃早饭,肚子饿得叽里咕噜叫。实在忍不住了,往两边瞅了瞅,见师傅们都在专心干活儿,就趁人不备,捏了一块牛肉放进嘴里,抿着嘴咀嚼起来,觉得香喷喷的味道直冲肺腑。王三以前在国营的、民营的饭店里都干过,无论哪家饭店,厨师们饿了,偷偷地往嘴里捏一块、抓一撮,是司空见惯的事,根本不足为奇。当然,王三也明知丁老板制度的严厉。

这时,厨房里光线暗了一下,一个人影挡在门口。王三抬头一瞧,惊呆在那里,嘴巴尴尬地半张着,想把口中食物吞咽下去已来不及了,慌乱间,手里菜刀"当"地掉落在瓷砖地板上。

丁老板黑着脸,站在那儿,一言不发。按照制度,员工偷吃店里东西,应当开除!

丁老板剜了王三一眼,转身走了。

王三赶紧跟在丁老板屁股后面,颠儿颠儿追出了厨房。

来到经理室,王三追悔莫及地说:"丁老板,我好糊涂哇,您饶了我,以后我再也不敢了。"丁老板盯住他,仍然默不作声。

王三苦苦哀求,带着哭腔:"丁老板,丁老板,求求您,放我一马。我一定加倍卖力,提高厨艺,增加顾客回头率。"

丁老板双手抱臂,仰靠在真皮老板椅上,面无表情。

王三痛哭流涕,就差跪地求饶。

如今大街小巷遍地饭店,都是私营老板,又不是过去在国营单位捧铁饭碗,厨师还愁找不到工作? 一个大男人,何至于娘们似的,眼泪一把鼻涕一把? 话虽这样说,可王三心里比谁都明白,尽管工作很容易找,厨师吃点东西也属常事,但是,一个厨师,倘若真的因为偷吃东西被辞退,在行内也就名声扫地了,颜面往哪儿搁? 往后,哪家饭店还愿意聘他? 那无疑就意味着失业,让一家老小喝西北风去?

然而,丁老板似乎铁了心肠,无论王三如何求情,丝毫不为所动。过了老半天，慢条斯理地打开老板桌的抽屉，取出一沓钱，点了点，扔给王三，这才冷冷地开了腔："这是你这几年的押金，一分不少返还给你，你自己开个店吧。记住，开店创业，必须纪律严明，有个规矩！"

王三感激万分，羞愧而去。

由于管理严格，菜肴质优价廉，得月楼的生意十分红火。

只是，凡在得月楼干满三年的员工，都陆续被丁老板以莫须有的借口辞退了。按理说，熟练工用起来才顺手。这个丁老板，葫芦里卖的是什么药？人们大感不解。

被辞退的员工临走时，丁老板照例把三年押金拿出来，自己还另添上两千八百元，正好一万块钱，让大家自谋生路。开一家小吃店，本钱差不多了。

大家这才对丁老板收押金之举恍然大悟。

几年后，本城出现十几家叫做得月楼的饭店。不仅店名和丁老板的相同，而且店里的招牌菜都和丁老板的得月楼如出一辙，生意也都不错。

这些店主都曾在丁老板的手下干过。

有人怂恿丁老板，到法院告他们侵权。丁老板淡然一笑，不置可否。

一日，由王三领头，十几个店主一起来找丁老板，商议成立一家餐饮集团，他们的店都作为丁老板得月楼的连锁分店。大伙共推丁老板当董事长。

晚上，丁老板一个人静下来，心里琢磨，可否把连锁店开到全国各地甚至国外去，就像肯德基、麦当劳？

威　风

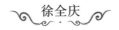

徐全庆

　　路况越来越差,车子不停地颠簸,颠得安德平直想吐。安德平有点后悔:为什么非要跑几百里山路来看徐卫东?

　　安德平从省城一动身,就给徐卫东打电话,让徐卫东直接去县城见他。徐卫东在短暂的惊喜之后,略带遗憾地说,他走不开,他的学生需要他,不能因为去见一个老同学而耽误学生整整两天的课程。他还说,如果安德平真想见他,可以直接到南山小学去找他,也许还能现场给他的学校解决点实际困难。

　　没等徐卫东说完,安德平就挂了电话。这些年,很少有人敢拿他的话不当回事了,可这个徐卫东居然敢这么不给他面子,他很生气。安德平不仅生气,还很失望。他打电话让徐卫东到县城,就是想让徐卫东看一下他现在的排场和威风。他要让警车开道,带着一个长长的车队,和徐卫东在县城里转一圈。他要向徐卫东证明,大学时他说过的话现在实现了。

　　安德平和徐卫东是大学同学。有一次,两人去逛街,他们想沿着斑马线到马路对面时,被两名警察拦住了。警察说,马上有领导的车队从这里经过,现在临时戒严,不准任何行人和车辆经过。徐卫东愤愤地说一句,领导是人其他人就不是人?警察瞪了徐卫东一眼,不再说话,只是拦着他们不让过。不一会儿,一个车队呼啸着从他们眼前开了过去,前面还有警车开道。

安德平直直地盯着车队，直到看不见踪影，才艳羡地对徐卫东说，好威风啊。将来我一定要当大领导，要比他们还威风。徐卫东淡淡地说，也许你可以当很大的领导，可你未必会有什么威风。安德平拍了拍徐卫东的肩膀，说，等着吧，我一定会让你看到我的威风。

毕业后，徐卫东自愿去山区支教，并且在那里扎下了根；安德平却用尽各种手段，副科长、科长、副处长……一步步向上攀升着。有几次，他主动和徐卫东联系，想把他调出山区，给他找一份理想的工作，可都让徐卫东拒绝了。

为什么会这样？安德平想不通，他想也许是徐卫东还不清楚他的能力吧。现在安德平的地位已经很高了，一出门就前呼后拥的，每次到基层都有警车开道，那种威风一定是徐卫东不敢想象的。

他要让徐卫东看到他的威风。

可是徐卫东偏偏不愿意到县城去见他，他只好去见徐卫东。他本来想带一个长长的车队，可山路太难走，不得已只能让县长等几个人陪着。由县长给他带路，这架势相信徐卫东也是从来没有见过的。

车子突然停了下来。前面一条小溪，因为刚下过雨，阻断了路。更要命的是，带路的车陷进一个泥坑里，出不来了。恰好有几个农民经过，县长就报出了自己的身份，请那几个农民把车子抬出来。农民们斜眼看着县长，说，你们几个人抬不动？县长说，来的都是领导，我怎么能让领导抬车呢？农民们不理县长，继续往前走。县长连忙掏出一沓钱说，我给钱，给钱还不行吗？农民们没有人回头，蹚过没膝的溪水走了。

安德平下了车，县长连连道歉，说，这儿平时是可以过去的，谁知涨了水，都怪我工作没做细。安德平摆了摆手，不让县长再说下去。时间一分一秒地过去，安德平烦躁地四下看着，心里更加后悔这次莽撞之行。这时，又一个农民经过，安德平就问他，到南山小学怎么走？那人就问，到南山小学？你找谁？安德平说，去看徐卫东。我是他大学同学，专门从省城来看他，可我的车子陷在这里了。那人看了看，说，你们等着，我回去喊人。

过了半个多小时，只见一大队农民扛着木块、门板快速赶了过来。县长给钱也不干的那几个农民也在其中，见到安德平就说，对不起，我们不知道你是徐老师的同学。很快，大家就把陷在坑里的车子抬了出来，并且用木块、门板在小溪上临时搭起了一座小桥。赶紧去吧，这儿离南山小学还有十里路呢。农民们说。

想到来见徐卫东的目的，安德平感到脸上发烧。徐卫东才是真威风啊。他在心里感叹。

安德平让县长他们都回去，他要自己徒步去见徐卫东。

1979 年的水壶

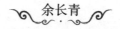

余长青

老万从部队转业，分到某局做副局长。

老万身材瘦小，左腿还有残疾，走起路来一颠一颠的，仿佛一阵风都会将他刮倒。

老万上班，不但来得早去得迟，而且总是把自己办公室的卫生打扫得干干净净，弄得局里雇请的清洁工常觉得过意不去。

老万办公时喜欢喝茶。老万喝茶从来不用茶杯，而用水壶。这是一只军用水壶，外表的漆已磨光了，锃亮锃亮的，阳光一照，闪闪发光。

大家觉得奇怪，便问老万："万局长，你干吗用水壶喝茶呀？"

老万笑笑说："水壶大，装的水多，省得老倒水，喝得痛快！"

寒冬腊月到了，大家看见老万还用水壶喝茶，更觉奇怪，便不解地问："万局长，你怎么冬天还用水壶喝茶？"

老万仍旧笑笑说："已经用习惯了。"

办公室主任老王实在看不过意，每次开会，其他局领导都端着既精致又漂亮的茶杯，唯独老万提个水壶，摆在会桌上特别显眼，极不协调。而且添水也不方便，不是烫了手，就是弄一桌水。老王得到局长批准，买了一只特大号的不锈钢杯子，趁老万不在办公室时，偷偷放到了老万的办公桌上，又将老万的水壶悄悄藏了起来。

第二天，老万一进办公室，便发现水壶不见了。老万看到桌上的新茶杯，便把老王叫来，问把水壶拿到哪儿去了。老王说："已经丢掉了。"老万气愤地说："丢哪儿去了？"老王说："丢垃圾箱了。"老万脸红脖子粗地说："真是扯淡！"

老万一颠一颠地下楼，来到局大门口的垃圾箱前，翻了好久，也没找到水壶。

老万回到办公室，木呆呆地坐了一上午。

下午，老万便病了。

老王闻讯，便买了一袋水果去看望。

老王在老万家的茶几上又看到了一只水壶，不过，这只水壶比办公室那只更旧，而且好像上半截还有一个洞。

老王不以为然地说："不就一个破水壶吗，值得你气成这样？"

老万拿起茶几上的水壶，一边抚摸着，一边缓缓地说："你知道吗？这两只水壶已经伴随我多年了。1979 年，在对越自卫反击战中，我所在的连队坚守一个无名高地。战斗打得相当激烈。在两天一夜的时间里，我们连续打退了敌人十多次进攻。这时，我们携带的水早喝光了，饼干难以下咽。连长便派我的班长和我趁着夜色偷偷下山去弄水。不料，回来时被敌人发现了。一梭子弹打来，班长胸脯中弹负了重伤，我腿上也中了弹。班长将身上的所有水壶取下交到我手上，让我快走，他掩护我。我历尽艰险，拖着一只受伤的腿，终于返回了高地。班长却牺牲了。后来，我一直把班长和我的水壶带在身边，它们激励着我从士兵一直干到正营级的位子上转业。转业后我又把它们从部队带回了家。"

老王听完老万的话，脑子里有两只 1979 年的水壶在晃动、变大。

老王回到局里，立即将那只藏起来的水壶又悄悄地放到老万的办公桌上。